[古罗马] 维吉尔 —— 著

党晟 —— 注译

BUCOLICA
Publii Vergilii Maronis

修订详注版

牧歌

陕西新华出版
陕西人民出版社

P. Vergilii Maronis
BUCOLICA ET GEORGICA
In Usum Scholarum
Lipsae
In Aedibus B. G. Teubneri
1899
据该书中的 Bucolica 拉丁文原文翻译

目录

导言：维吉尔及其《牧歌》 —— 1
第一章 —— 31
第二章 —— 45
第三章 —— 57
第四章 —— 73
第五章 —— 85
第六章 —— 97
第七章 —— 113
第八章 —— 125
第九章 —— 141
第十章 —— 153

拉—汉译名对照表 —— 165
参考文献 —— 177
后记 —— 186

导言：维吉尔及其《牧歌》

你是业已逝去的时代之光明，是依旧照亮虚幻此岸的星辰……

——丁尼生《致维吉尔》

1

普布留斯·维吉留斯·马罗（Publius Vergilius Maro），通称维吉尔（Virgil）[1]，古罗马诗人，欧洲文学史上极具影响力的伟大作家之一。古代晚期的教父尊之为基督教的先知[2]，现代学者称其为"西方之父"[3]。两千余年来，除古希腊诗人荷马，似乎还没有另一位欧洲作家享有如此盛誉。

公元前70年10月15日，维吉尔出生于罗马共和国山内高卢行省的一座偏远小镇，曼图亚（Mantua，今曼托

---

[1] Virgil是英语文献中的拼写形式，汉译据此作"维吉尔"，与诗人本名并不相符，但该译名已为国内学界所采纳，故沿用。另，有研究者认为诗人的"第二名"（nomen，即Vergilius）和"第三名"（cognomen，即Maro）表明他有凯尔特人或伊特鲁里亚人的血统，但此说并无确切的证据。*The Oxford Classical Dictionary*, Oxford University Press, 1964, p.949.

[2] T.S.Eliot, "Virgil and the Christian World", *On Poetry and Poets*, Farrar, Straus and Giroux, 2009, p.136.

[3] Theodor Haecker, *Virgil, Father of the West*, translated by A.W. Wheen, Johnson Reprint Corp., 1970.

瓦)附近的安德斯(Andes)[4]。据古代文献记载,其父出身寒微,做过杂役、陶工,后来靠经营林业和养蜂致富并拥有了自己的田产。[5] 维吉尔自幼受到良好教育,曾先后在克雷莫纳(Cremona)和麦迪奥拉努姆(Mediolanum,今米兰)负笈求学。他的青少年时代,正值罗马政局动荡、战乱频仍的多事之秋。大约十七八岁时,维吉尔赴罗马学习修辞学、医学和天文学,当时"前三雄"同盟已经解体,克拉苏在亚洲战场兵败殒命,恺撒与庞培之间的冲突日益激化。公元前48年,经反复角逐,恺撒战胜庞培,独揽大权。前44年,恺撒被共和派议员布鲁图斯等人刺杀身亡,为争夺权力,恺撒义子屋大维和马克·安东尼、雷必

---

[4] 山内高卢(Gallia Cisalpina),古罗马政区,北依阿尔卑斯山,南界卢比孔河,本为高卢人(凯尔特人)居地,公元前2世纪被罗马占领,先设为行省,前42年正式并入罗马版图。此一称谓乃基于罗马人的立场而言,与之对应,阿尔卑斯山以北的高卢故地就被称为"山外高卢"(Gallia Transalpina)。安德斯的地理位置尚存争议,旧说以为即今日曼托瓦南郊的皮埃托尔(Pietole)。

[5] 迄今仍有数种版本的维吉尔传记存世,一般认为此类著作系古代晚期的传记作家依据苏维托尼乌斯(G. Suetonius Tranquillus,约69—?)的《名人传》(*De Viris Illustribus*)整理加工而成。Suetonius, *Vita Vergilii*, http://www.thelatinlibrary.com./suet.html,参阅杨宪益译《牧歌》附录《维吉尔传》(王焕生译),上海人民出版社,2009,第92—103页。

达结成"后三雄",与代表世家旧族利益的共和派再度展开较量。前42年,屋大维和安东尼挥师东进,在马其顿境内的腓力比(Philippi)击溃布鲁图斯、卡西乌斯组建的武装,彻底战胜了极力维护共和政体的贵族集团。为安置有功的退役士兵,当权者不顾内战和饥荒造成的灾难,下令在本已凋敝不堪的乡村强征土地,使大量自耕农沦为佃户或流亡他乡。据说维吉尔之父遗留的田产也被没收,后经友人斡旋,他又重新获得了土地。[6] 这一时期,维吉尔已着手《牧歌》(Bucolica)的写作。政治家波利奥(Gaius Asinius Pollio,前76—4)是发现维吉尔诗才的有识之士,维吉尔失地复得,可能有赖波利奥多费周章,故诗人在作品中一再对其表达了感激的心情。[7] 因为《牧歌》的面世,诗人声誉鹊起,由此得到屋大维及其幕僚麦凯纳斯(Gaius Maecenas,？—前8)的庇护和资助,成为麦凯纳斯周边文人圈子的主要成员。[8] 不久,维吉尔退隐意大利南部的坎

---

[6] —— 有研究者猜测维吉尔在那不勒斯得到了补偿,因为此后他一直生活在意大利南部,而没有回归他的故乡曼图亚。Jasper Griffin, *Virgil*, Bristol Classical Press, 2002, p.23.

[7] —— 见本书第四章、第八章。

[8] —— 为助屋大维笼络人心,麦凯纳斯延揽文坛才俊,在其周围聚集了维吉尔、贺拉斯、普洛佩提乌斯、瓦留斯(Lucius Varius Rufus)、图卡(Plotius Tucca)等青年诗人。

帕尼亚地区，师从伊壁鸠鲁派学者希罗（Siro，生卒年不详）研修哲学。他为人落落寡合，很少前往罗马，但与诗人贺拉斯（Quintus Horatius Flaccus / Horace，前65—前8）交谊甚笃，两人曾同游布隆迪修姆（Brundisium，今布林迪西）。[9] 自公元前36年起，维吉尔潜心写作《农事诗》（*Georgica*），历时七载，于前29年杀青。此时，屋大维已翦灭安东尼和埃及女王克利奥帕特拉七世的势力，为实现其个人独裁扫平了障碍。随着内战的终结，年轻的"元首"刻意树立其仁爱慈恺的明君形象，他一反昔日的暴戾作风，对怀有二心的臣僚采取了宽赦的政策，并且亟欲重整社会纲纪，试图通过立法和教化矫正颓败的道德风气。正是在这一背景下，维吉尔开始从事史诗《埃涅阿斯纪》（*Aeneis*）的创作，虽然这部巨著的内涵远远超越了统治者的政治需要，但新秩序的建立和屋大维的支持无疑为诗人实现其文学事业的宏大抱负提供了重要契机。[10] 公元前19年，为收集写作素材，维吉尔前往希腊和小亚细亚寻访古代遗迹。他在雅典觐见了已加冕为"奥古斯都"的屋大

---

[9] Horace, *Satirae* I.5
[10] 据说屋大维对《埃涅阿斯纪》的写作表示了极大的关切，曾致函维吉尔，要求诗人寄给他"《埃涅阿斯纪》的第一行或任何片段"。Griffin, 2002, p.15.

导　言

维，旅途罹病，返回布隆迪修姆后，于同年9月21日逝世。他的骨灰安葬于那不勒斯城郊，墓石上镌有如下铭文，相传为诗人亲自撰写：

> 曼图亚生育了我，卡拉布里亚夺去我的生命，如今
> 帕忒诺佩又将我收留。我曾讴歌牧场、田园和领袖[11]。

据古代传记作家记述，维吉尔身材颀长，皮肤黝黑，外貌酷似"农夫"。[12]因体弱多病，天性腼腆，诗人生前虽负有盛名，但处事谦慎且不善交游。维吉尔终生未娶，有二弟，俱早夭，因此他将自己的大宗遗产赠予了奥古斯都和麦凯纳斯[13]，剩余部分留给了他的亲戚和朋友。

维吉尔生活在罗马从共和制向帝制过渡的时代，五十一载的短促生涯，有十六年在内战中度过，既经历了社会动乱的深重苦难，也预见了国家复兴的远大前程。他的三部主要作品，《牧歌》写作于群雄争霸、律令废弛的

---

11 —— 原文："Mantua me genuit, Calabri rapuere, tenet nunc / Parthenope; cecini pascua, rura, duces." *Vita Vergilii*.
12 —— 出处同上。
13 —— 相传维吉尔拥有一千万塞斯特尔提乌斯（sestertius，罗马货币单位）的资财，他的家产主要应来自屋大维和麦凯纳斯的资助。

动荡岁月,《农事诗》完成于人心惶惶的休战时期,《埃涅阿斯纪》始创于屋大维挫败政敌、克成帝业的历史转折关头。在其成名作《牧歌》中,诗人控诉了战祸给民众造成的痛苦,流露出悲观的情绪,同时也描绘了自然和谐的田园生活并表达了对升平盛世的憧憬。他的第二部重要作品《农事诗》是应麦凯纳斯的约请而创作的教谕诗(didactic poetry),共四卷,分别论说谷物种植、果树栽培、家畜饲养、蜜蜂繁育等农事活动,并涉及战争、瘟疫等主题,贯穿了作者对人类命运的关切和思考,以其严谨的构思、高超的诗艺受到后世众多文人的推崇,甚至被誉为"最佳诗人的最佳诗作"(the best poem of the best poet)[14]。他的代表作《埃涅阿斯纪》是一部讴歌罗马建国历史的大型史诗,十二卷,九千余行,讲述特洛伊王子埃涅阿斯(Aeneas)国破家亡后漂泊异域,历经磨难,最终到达意大利并重建邦国的英雄业绩。这一作品堪称西方文学史上首部"文人史诗",诗人将神话和史实相结合,编织出时空纵横、波澜壮阔的恢宏画卷。罗马建国的艰苦历程、帝国的光荣与梦想,以及主人公埃涅阿斯虔诚、仁爱、勇敢、

---

[14] —— 英国诗人德莱顿(John Dryden, 1631—1700)语,引自 Owen Lee, *Virgil as Orpheus*, State University of New York Press, 1996, xii。

自制，尤其是知命而为、克尽厥职的品格，对欧洲民族的身份认同和西方人文精神的发展曾产生重要影响。[15] 另一方面，史诗的复杂结构和深邃内涵，又为这部巨著提供了多元阐释的可能性，使之成为一部历时千载仍为世人不断研读、反复讨论的不朽之作。诗人为写作《埃涅阿斯纪》耗尽了生命中最后十年时光，临终之际仍未定稿。据说他曾要求友人将诗稿焚毁，但屋大维诏令对史诗"略加订正"后公之于世。维吉尔的文学创作，体现为主题、体裁及篇幅相继拓展的过程，然而在融合希腊与罗马、想象与现实、历史与当代的基本方向上，则始终保持着一以贯之的不懈追求。

此外，归于诗人名下的零星诗章被汇编为《维吉尔外集》（*Appendix Vergiliana*），学界认为其中所收多为伪作。[16]

---

[15] —— 艾略特说："只要我们继承了欧洲的文明，我们依然是罗马帝国的公民。"Eliot, "Virgil and the Christian World", *On Poetry and Poets*, 2009, p.146.

[16] —— Jasper Griffin 认为《外集》中仅有一两首短诗可能是维吉尔的作品，被辑录在包括十五首诗的《微吟编》（*Catalepton*）内。Griffin, 2002, p.10.

2

维吉尔开始其写作生涯时,罗马文坛正酝酿着一场变革。在严酷的现实面前,以卡图卢斯(Gaius Valerius Catullus,约前84—前54)为代表的"新派诗人"(neoteric poets)不问政治、蔑视权贵的高蹈精神,以及他们所擅长的"诗化的调侃"(versified jokes)已经显得不合时宜,卢克莱修(Titus Lucretius Carus,约前99—约前55)博大精深的哲理诗亦难以为继,年青一代的诗人必须重新做出选择,开辟自己的创作方向。[17]

另一方面,经过近二百年的发展,罗马文学从译介希腊经典作品出发,业已取得长足的进步并形成了自身的特点。希腊的主要文学门类都被成功地纳入拉丁文本,不仅为罗马作家提供了可资利用的媒介和范式,也使得拉丁语

---

[17] —— 维吉尔在《农事诗》中表达了摈弃传统神话题材和开拓全新创作道路的意图:"所有取悦空虚心灵的诗题早已家喻户晓……因此,我当另辟蹊径,方能绝尘脱俗,声名流播世人之口。"(*Georgica* III.3-9)。

的词汇大大增加，表现力愈益丰富，从而奠定了奥古斯都时期罗马文学全面繁荣的基础。正是这一"黄金时代"孕育了维吉尔、贺拉斯、普罗佩提乌斯（Sextus Propertius, 约前50—约前15）和奥维德（Publius Ovidius Naso/Ovid, 前43—18）等文学巨匠，当他们崛起于文坛之时，可以说，已经没有一名在世的希腊作家足以与之匹敌。

然而，希腊的典范仍然是罗马作家寻求自我表达方式的基本参照和重要依托。概而言之，对于前人之作的借鉴和"化用"（allusion），应视为文学"书面化"和精英读者群日益成熟的反映。在《牧歌》之四、之六中，维吉尔明确表示他继承了古希腊诗人忒奥克里图斯的文学遗产，[18] 诚如某些学者所说：他"邀请"读者进行比较。[19]

忒奥克里图斯（Theocritus, 活跃于公元前3世纪前期）出生于西西里的叙拉古，曾经在亚历山大里亚和爱琴海东南部的考斯岛（Cos）从事文学活动，是希腊化时期诗歌的代表作者之一。他的传世作品《田园诗》（*Idylls*）

---

[18] —— 参见本书第四章注1、第六章注2。至于维吉尔为何选择忒奥克里图斯作为效法的对象，Jasper Griffin的解答是：因为忒氏之作能将"自然主义与人为雕饰"熔为一炉，且未曾被以前的罗马诗人所模仿、滥用。Griffin, 2002, pp.9-10.

[19] —— R.O.A.M.Lyne, Introduction to *The Eclogues · The Georgics* translated by C. Day Lewis, Oxford University Press, 2009, xiii.

共辑诗三十首[20],除少数颂歌、婚曲,集中所收诗作主要描绘了西西里牧人的生活、爱情、歌咏竞赛和优美的田园风光。这部作品将《荷马史诗》的六步格韵律与多立克方言相结合,创立了古希腊诗歌的一个新门类,其中部分篇章正是维吉尔写作《牧歌》的蓝本。

维吉尔的《牧歌》由十首短诗组成,通称 *Eclogae* 或 *Bucolica*,前者源于希腊语的"ekloge",本义为"选粹"[21],后者出自希腊语的"boukoloi",本义为"牧人"[22]。

关于这部诗集的创作年代,迄今尚无定论。传统的看法认为,第二章、第三章完成时间最早,约在公元前 42 年;第八章、第十章晚出,可能脱稿于公元前 37 年。[23] 十

---

20 —— 通行本《田园诗》中有八首诗(8、9、19、20、21、23、25、27)经考证被公认为伪作,因此只有剩余的二十二首可以确定为忒氏本人的作品。Richard Hunter, Introduction to *Idylls* translated by Anthony Verity, Oxford University Press, 2008, ix.

21 —— 由于罗马帝国晚期乃至文艺复兴时代的"牧歌体"诗作多以"Eclogae"为题,因而该词在词源上曾被错误地理解为"羊语"(goatish speech),直到 16 世纪中叶,法国学者 J.C.Scaliger 才对其原始语义做出了正确的解释。

22 —— 当代学者认为忒奥克里图斯的田园诗集原题为"Boukolika"(古希腊语"牧歌"),维吉尔亦因袭旧例,将其作品命名为"Bucolica"(拉丁语"牧歌"),"Eclogae"应为后人拟定的标题。Hunter in Verity, 2008, xiii. 参看《牛津古典文学词典》(*Oxford Dictionary of Classical Literature*),上海外语教育出版社 2000 年版,第 192 页,"Eclogues"条,其中也指出维吉尔自拟的诗题应为"Bucolica"而非"Eclogae"。

首诗的次序不依年代先后，而是以形式的整饬作为编纂的原则。其中，一、三、五、七、九章为对话，二、四、六、八、十章为独白，穿插有序且富于变化。

20世纪中期以来，欧美学界对《牧歌》诸篇的结构关系进行深入研究，提出了颇具启发性的见解。例如，"中心—静态说"（Concentric-Static Thesis）关注内容和形式的前后照应，通过分析诗行数的增减规律，试图建立整体结构的数学模型并呈示其内在的对称性；"线性—动态说"（Linear-Dynamic Thesis）则强调诗歌意象的发展及重复、累积所形成的"增强"（amplification）效果。虽然观点和方法有所区别，但最终达成的基本结论为：维吉尔的《牧歌》并非分别构思、各自独立的诗篇之"汇编"，而是基于统一的"设计"（design）精心结撰的完整作品。[24]

从主题和内容着眼，第一章与第九章、第二章与第八章、第三章与第七章之间的相互关联显而易见，具有两两对应的回环式结构特征。

第一章、第九章以对话的形式谴责了退伍军人霸占田

---

23 —— 《牛津古典文学词典》，同上。
24 —— John B. Van Sickle, *The Design of Virgil's Bucolics*, Bristol Classical Press, 2004, pp.17-37.

地、驱逐农户的暴行。在第一章中，两个出场人物的命运迥然不同：迪蒂卢斯到罗马寻求庇护，获得"神灵"的恩准，不仅保全了自己的土地，而且能够享受"安乐闲逸"的生活；相反，梅利博欧斯则被迫逃离自己的家园，怀着对故土的深切眷恋，走上了流亡异乡的道路。第九章同样涉及腓力比之役后的"征地"事件，在哀叹"命运翻覆，世道全变"和庆幸得以"苟全性命"的同时，两名对话者一再谈及一位"幕后"人物麦纳尔喀斯，并且引用他给主管官员瓦鲁斯（Publius Alfenus Varus）的献诗，呼吁官方为民众保留曼图亚的土地。从古代注疏家塞尔维乌斯（M.Servius Honoratus，4世纪后期至5世纪初期）开始，学界一般认为这两篇作品具有自传的性质，断言"迪蒂卢斯"和"麦纳尔喀斯"乃是作者本人的写照。但也有研究者指出，维吉尔在角色的身份设定及其问话对答的框架内制造"摇摆"（oscillating）的效果，因此模糊了现实与虚构之间的界限。[25] 综合以上观点，可以说诗篇明显折射出作者的个人经历，然而主要意图仍在于反映内战造成的普

---

[25] 例如，"迪蒂卢斯"的身份究竟是"奴隶"，还是"自耕农"？他前往罗马是为了赎回"自由"，还是为了在征收土地的事件中保留自己的田产？诗歌的文本为读者提供了多种解读的可能性。Lyne in Lewis, 2009, xvii-xx.

遍灾难。

第二、第八两章的主题是"热情的牧人致其所爱"[26]。第二章大体以忒奥克里图斯《田园诗》之十一为参照,但是忒氏诗作中的独眼巨人和海洋仙女被凡间的同性恋人所置换,人物的心理描写也更为细腻并富有层次感,通过抱怨、夸耀、幻想、自嘲、反省,深刻而生动地揭示了主人公内心的焦虑和微妙的情绪变化,其质朴的表白与文雅的抒情,尤有诗家所称道的"谐趣"。第八章包含两段独白,第一段为牧人达蒙的"悲歌",因所爱的姑娘嫁做他人之妇,达蒙痛不欲生,声称"将纵身投入万顷波涛";[27]第二段是一名巫师为召回出游不归的恋人而念诵的咒语,与《田园诗》之二《女巫》内容相似。以叠句构成的副歌(refrain)亦系模仿《田园诗》之一、之二的形式。

第三章和第七章再现牧人之间的歌咏竞赛,题材和形式类似《田园诗》之四、之五。维吉尔继承并发展了忒奥克里图斯"牧人—诗人"的隐喻模式[28],其笔下的牧人歌

---

[26] —— 此语借自英国诗人马洛(Christopher Marlowe, 1564—1593)的诗题"Passionate Shepherd to His Love"(该诗也是对维吉尔《牧歌》之二的仿作)。

[27] —— 正如某些研究者指出的那样,诗中的"达蒙"仅为一名歌者,其"以死殉情"的绝唱不致令人痛惜,因为当他侧倚牧杖哀伤咏叹时,他其实是"安适的"。Lyne in Lewis, 2009, xv.

[28] —— Theocritus, *Idylls*, 2008, pp.25–29.

手大都冠有古色古香的希腊名字,并且才思敏捷,出口成章,甚至谙熟希腊化时期的科学成就和当代罗马诗人的作品,可见此类人物本非源自真实的乡村生活,而是从传统的资源中提炼出的文学形象。[29]在第七章中,参与竞赛的歌者为阿卡迪亚的牧人,但事件发生的场所则在诗人故乡的敏吉河畔。这种有意混淆地理概念的安排赋予"阿卡迪亚"(Arcadia)以虚幻的色彩,增强了诗歌意象的象征意味。其后,"阿卡迪亚"在西方的文艺传统中就成了世外桃源的代称。

除以上诸篇,在诗集中占据重要位置的四、五、六、十各章是否具有意义的关联,则需细读文本并加以分析,才能够做出合理的解释。

首先,第四、第六两章均具备宏大历史叙事的架构,不仅题材内容与忒奥克里图斯的作品略无关涉,诗风也与这位前辈诗人大相径庭。第四章开篇,诗人庄严宣告旧时代的灭亡和新时代的到来,继而预言了一个"孩子"的诞

---

[29] —— Slavitt 认为《牧歌》实质是"精致的、文雅的、都市化的系列表演",其中的牧人并非来自"田野牧场",而更像从玛丽·安托瓦奈特(Marie Antoinett)"在小特里亚农宫(Petit Trianon)设置的游乐场"走出的假面舞者。*Eclogues & Georgics of Virgil*, translated by David R. Slavitt, The Johns Hopkins University Press, 1990, xii.

生及其统治之下的"升平盛世",以大胆而具体的想象,为我们描绘出一幅公正和谐、丰饶富足的世界图景。关于这个"孩子"的真实身份,历来有各种各样的猜测,但影响广泛的说法不外以下两种:一、自公元4世纪以来,此诗就被视为宣告耶稣降生的"弥赛亚预言"(Messianic prophecy),诗人亦因之而获得了基督教"先知"的光环;二、公元前40年缔结的"布隆迪修姆盟约"及马克·安东尼与屋大维之姊屋大维娅的婚姻,使人们看到了和平的曙光并对这一政治联姻抱有过高的期望,所以诗中的"孩子"应暗指安东尼和屋大维娅尚未出生的子嗣。[30] 对于前一种解释,现代学者多持否定的意见。但不可忽视的是,在维吉尔的时代,古希伯来文献已有希腊语译本,因而《牧歌》之四的构思完全有可能受到东方宗教"救世主"观念的启迪。[31] 对现世状况的绝望和企盼获得救赎的心理,正是产生"弥赛亚文学"的精神土壤。与第四章"前瞻"(forward

---

[30] —— 此类猜测还包括:执政官波利奥之子、屋大维娅与其前夫马切鲁斯所生的儿子、屋大维之子(实为一女)或屋大维本人。

[31] —— Griffin, 2002, pp. 26-27;Lyne in Lewis, 2009, xx-xxi. 参阅《旧约·以赛亚书》9:6:"因有一婴孩为我们而生,有一子赐给我们,政权必担在他的肩头。他名称为奇妙、策士、全能的神、永在的父、和平的君。"以及11:6-8:"豺狼必与绵羊羔同居,豹子与山羊羔同卧……"(和合本修订版)。

looking）的旨趣相反，第六章借山神西伦努斯之口，讲述了天地万物的起源及希腊、罗马神话中的故事，具有"回顾"（backward looking）的显著倾向。[32] 如果将两篇结合起来阅读，便不难领会前后的照应和贯穿过去、现在、未来的叙事脉络。在关于宇宙起源的讲述中，维吉尔显然接受了卢克莱修《物性论》（*De Rerum Natura*）所弘扬的无神论观点，但诗人对"黄金时代"的赞美，又表露出"顺天应命"的强烈意识。按照某些学者的看法，科学理性与宗教信仰的矛盾，乃是史诗《埃涅阿斯纪》的基本命题；[33] 那么，在《牧歌》之四、之六中，此一有待阐发的命题似已得到初步呈现，从而昭示了诗人思想的发展轨迹。

第五章包含出场人物的两段吟唱，前段哀悼达夫尼斯的亡故，情感沉郁而悲怆；后段赞颂达夫尼斯的升天，境界宏大而奇丽。长期以来，学界普遍认为诗中的"达夫尼

---

[32] —— B.Otis 认为，比较而言，《牧歌》前五章具有"前瞻的、和平的、抚慰的"意味及"朱利乌斯—奥古斯都式的爱国情怀"；后五章则更多"新异的、朦胧的、论辩的"性质，倾向于"追怀往昔"，情感受"无谓之爱"（amor indignus）的支配，与爱国的激情形成强烈反差。Van Sickle, 2004, pp. 30-31.

[33] —— 阿德勒（Eve Adler），《维吉尔的帝国——〈埃涅阿斯纪〉中的政治思想》（*Vergil's Empire : Political Thoughts in the Aeneid*），王承教、朱战炜译，华夏出版社，2012，第 1-15 页。

斯"暗指朱利乌斯·恺撒。公元前44年恺撒遇刺身亡，嗣后屋大维诏令封其为神，联系第九章中"神裔恺撒之星，冉冉升起"的诗句，应该承认上述论断具有令人信服的充分理由。

第十章以哀婉的笔调抒写诗人伽鲁斯（Gaius Cornelius Gallus，约前69—前26）对名伶吉忒里斯（Cytheris）的爱慕及其失恋的痛苦。为排遣内心的怨忿，伽鲁斯试图进入阿卡迪亚的世外桃源，在深林幽谷间寻求心灵的慰藉，但终因难以改变固有的执念而黯然离去。将当代人物与阿卡迪亚的幻想世界相融合，是突破传统"文类"藩篱的积极尝试。

然而，两篇看似缺乏关联的诗作，其实都脱胎于忒奥克里图斯的《田园诗》之一。传说中的达夫尼斯既为牧歌诗人的"原型"（archetype），也是以身殉情的悲剧英雄。在《牧歌》第五章中，维吉尔承袭了《田园诗》有关达夫尼斯之死的主题，但增加了达夫尼斯"成神"的内容；同时，他又将原作的诸多细节移植到诗人伽鲁斯身上，在第十章中将其塑造为"达夫尼斯"式的悲剧角色。令人倍感兴趣的是，第五章的两名出场人物以诗会友，在典型的"牧歌式场景"（bucolic setting）中酬唱对答，彼此夸赞，最终又互赠礼品（"短笛"和"牧杖"），难道只是敷衍故事，而别无深层的象征意义？另一方面，作为奥古斯都时期哀歌诗人的代表，维吉尔的好友伽鲁斯在"爱情"（amores）与"山林"（silvae）之间的苦闷彷徨，恰恰反映了哀歌（elegiae）与牧歌（bucolica）不同的审美理想和价值取向，亦即"维吉尔—伽鲁斯的文类之争"[34]或"热情的浪漫主义与冷静的伊壁鸠鲁主义"的矛盾[35]。因此，无论写作背景如何，都不妨碍我们确认这两篇作品所隐含的诗歌宣言和诗学反思的性质。作者将其分别置于诗集的中心和结尾，想必自有深思熟虑的独到用心。

犹如音乐作品的"动机"（leitmotiv）或主题，同一诗歌意象的"展开"（augmentation）是联结和贯穿整部作品的线索。作为诗人臆想中的诗歌之乡，地理位置变易不定的"阿卡迪亚"具有特殊寓意。从第四章到第七章，从第七章到第十章，在不同景深——背景、中景、前景——的丰富层次上，这一诗歌意象获得了渐趋清晰的呈现和多次重复的加强。[36]与此相对，以"罗马"为代表的城市和

---

[34] —— Frederick Jones, *Virgil's Garden: the Nature of Bucolic Space*, Bristol Classical Press, 2013, pp.60-64, p.73, pp.111-112.

[35] —— Lyne in Lewis, 2009, xxiv.

[36] —— 有研究者指出《牧歌》之四、之七、之十在诗行数上隐含以"7"为公差递增的规律，即第四章63行，第七章70行，第十章77行，此一扩张趋势配合并促进了"阿卡迪亚"意象的发展。Van Sickle, 2004, pp.72-75.

遥远的蛮荒之域则类似乐曲的"副部主题",经由交错、起伏的进程构成对"牧歌诗境"(bucolic space)的不断侵扰和持续威胁。

围绕两条主线,所有的象征因素均可分为"牧歌的"(bucolic)和"非(反)牧歌的"(unbucolic or antibucolic)两大类别,即:一方面是林地、草场、花朵、果实,追逐嬉戏的羊羔和牛犊,伴着悠扬的笛声与委婉的歌吟,在一派烂漫春光或初夏的丽日清风中展现出乡土田园宁谧祥和的图景;另一方面则是雪山、冰河、城堡、营垒,透过严冬的弥天风雪隐隐显露冷峻肃杀的气象。代表"诗歌"的神鸽和象征"战争"的鹰隼,更集中体现了两种力量的对比与冲突。

维吉尔的《牧歌》虽以忒奥克里图斯的作品为蓝本,但在取材的范围、谋篇的思路和修辞的技巧等方面均超越了其奉为楷模的希腊诗人。比之于前辈古朴的诗风,维吉尔的诗篇显然更具"深美闳约"的意境,其想象之奇瑰,比喻之精警,语言之凝练,韵律之严谨,使"牧歌—田园诗"(bucolic-pastoral poem)这一诗歌门类具备了成熟的形式并为后世树立了完美的典范。鉴于诗人从事文学活动的复杂社会背景及其作品特有的象征意味,在维吉尔研究中自古以来便有"索隐"的学术传统。此一解读方式无疑会给文本的阐释增添"稽古钩沉"的乐趣，但是没有必要也不可能将《牧歌》还原为忠实的"诗史"（poetic history）。相反，过分注重其中的政治隐喻和道德诉求，必然会使我们落入烦琐考据的陷阱并消解审美的愉悦。与其穷诘作者讽喻时事、寄托美刺的用意，我们毋宁从更为宽泛的角度理解"牧歌诗境"与现实世界的紧张关系，进而体悟诗人深沉的乡愁和悲悯的情怀。如果认为忒奥克里图斯作品所夹杂的"俚俗"词句反映了民间口头文学的影响，那么维吉尔对田园风情的诗意渲染则完全基于城市文明的立场并表露出知识阶层的趣味。在此意义上，可以说，恰恰是诗篇所具备的唯美品质和"哀而不伤"的优雅情调，赋予了这部作品以永恒的魅力。

有人将《牧歌》各篇言及的植物、动物做了全面统计，发现其中绝大多数可见于庞贝古城的花园遗址或出土的壁画，因而推断维吉尔所描绘的乡野风光源自"人造的自然"，亦即罗马都市中的花园。[37] 一如其笔下工于辞令且博闻多识的牧人歌手，他的读者正是那些拥有花园和绘画的精英人士。

---

37 —— Jones, 2013, pp. 29-42.

3

在史诗《埃涅阿斯纪》公开发表之前,维吉尔已经被他的同时代人誉为足以与荷马抗衡的大诗人。普罗佩提乌斯兴奋地宣告:"退避吧,罗马的作家们,退避吧,希腊人!一部比《伊利亚特》更伟大的巨著即将诞生。"[38]

维吉尔逝世后,他的作品不仅未在岁月的长河中湮灭,而且日益显现出珍贵的价值并产生了深远的影响。

罗马帝国前期,维吉尔作为"国民诗人"的地位得以确立,受到后辈作家的高度赞誉和一致推崇。据说诗人伊塔利库斯(Silius Italicus,约28—103)买下了维吉尔的庄园,每逢其冥诞必郑重祭奠。[39] 另一位诗人斯塔提乌斯(Publius Papinius Statius,约45—96)在自著《忒拜纪》的终章写道:他不敢与"神圣"的《埃涅阿斯纪》争胜,

---

[38] Sextus Propertius, *Elegiae* II. 34b, 46-47, http://www.thelatinlibrary.com./prop.html.
[39] Griffin, 2002, p.102.

而唯愿"遥接前贤之步武"[40]。维吉尔的诗歌还被用作学校的教材,成为拉丁语的语法规范和有教养的人士必备的读物,被人们视为神话典故汇编、历史乃至百科知识的源泉。在庞贝遗址的残垣断壁上,至今尚能看到多处维吉尔诗句的"涂鸦",足见其作品深入人心的程度。[41] 同时,关于诗人奇异行迹的故事也开始在民间流传,他甚至变身为大众心目中的"魔法师",能够以高超的法力救人于危厄。自哈德良皇帝(Hadrianus 117—138 年在位)的时代起,"维吉尔占课"(sortes Vergilianae)[42] 在欧洲上层社会久盛不衰,更增添了诗人及其作品的神秘色彩。

自公元前 1 世纪末至公元 5 世纪初,有数种阐释维吉尔作品的论著先后面世,包括多纳图斯(Aelius Donatus)、塞尔维乌斯等人编撰的维吉尔诗歌笺注本。此类著述采摭群言并辑存散佚的文献,试图说明作品内蕴的意义和影射

---

[40] —— Statius, *Thebais*, XII. 816-817, http://www.thelatinlibrary.com./statius.html.

[41] —— Griffin, 2002, p.102.

[42] —— 从维吉尔的著作中随机抽出某一诗句,通过对语词意义的解析预测吉凶的占卜方式。据说哈德良在被图拉真收为义子前就曾以此方式卜问前程。K.Volk 认为"维吉尔占课"的产生源于诗人作品的无穷意蕴,今日的维吉尔阐释者同样是"维吉尔占课"的实践者,只是他们关注的主要是"诗歌"的问题而非"人生"的困惑。K.Volk, "Scholarly Approaches to *The Eclogues* since 1970s", *Virgil's Eclogues*, Oxford University Press, 2008, p.1, p.6

现实的方式，开启了后世维吉尔研究的学术传统。

从古代晚期开始，维吉尔的诗篇被基督教神学家作为寓意性的作品加以解读，使他成为在中世纪未受排斥的少数古典作家之一。但丁（Dante Alighieri，1265—1321）称其为"众诗人的火炬"，并尊之为"老师"，在《神曲》中让维吉尔担当引导自己游历地狱的领路人。

文艺复兴时期，崇尚古典文化的热情重新焕发，大量以拉丁语创作的诗歌相继涌现，从彼特拉克（Francesco Petrarca，1304—1374）的《阿非利加》（Africa）到曼图安（Baptista Mantuanus，1447—1516）的《韶华集》（Adulescentia），在修辞和格律上都不能不遵循维吉尔树立的典范。此外，用民族语言从事写作的作家，如意大利诗人塔索（Torquato Tasso，1544—1595）、葡萄牙诗人卡蒙斯（Luis de Camoens，约1524—1580）、英国戏剧家莎士比亚（William Shakespeare，1564—1616）乃至诗人兼政论家弥尔顿（John Milton，1608—1674）的长篇史诗和戏剧作品，也直接师法《埃涅阿斯纪》的构思、形式，或者在其他方面继承了维吉尔的文学遗产。

由于忒奥克里图斯的作品已很少为后人所阅读，维吉尔的《牧歌》就成了写作牧歌—田园诗的唯一范本。意大利的博亚尔多（Matteo Maria Boiardo，约1440—

1494）、桑纳扎罗（Jacopo Sannazaro，1458—1530），西班牙的德·拉·维加（Garcilaso de la Vega，约1501—1536），法国的马罗（Clément Marot，1496—1544）、龙撒（Pierre de Ronsard,1524—1585），英国的斯宾塞（Edmund Spenser，1552—1599）、德雷顿（Michael Drayton，1563—1631）等诗人继承维吉尔的传统，或讴歌自然、爱情和乡村生活，或以牧歌—田园诗作为哲理思辨和道德批判的工具，不仅使这一古老的诗歌门类得以全面复兴，而且形成了不同的风格流派并衍生出牧歌式的传奇故事、戏剧等文学形式[43]。

与文学中的"田园风"相呼应，威尼斯画派的绘画大师也开始在其作品中表现"退居林泉"（garden retreat）的闲适生活和优雅情趣，乔尔乔内（Giorgione，约1477—1510）的《田园合奏》就是一个著名的范例[44]。其后，法国画家克劳德·洛林（Claude Lorraine，约1604—1682）的"理想景观"（ideal landscape），荷兰画家贝尔赫姆（Nicolaes

---

[43] —— 前者如桑纳扎罗的《阿卡迪亚》（*Arcadia*），后者如塔索的《阿敏塔》（*Aminta*）和本·琼生（Ben Johnson，1572-1637）的《悲伤的牧人》（*The Sad Shepherd*）。

[44] —— 某些艺术史家认为《田园合奏》是提香（Tiziano Vecellio，约1485-1576）的作品。

Berchem，1620—1683）、克伊普（Aelbert Cuyp，1620—1691）的"意大利式景观"（Italianated landscape），都是将乡野风物与田园诗意相融合的典型代表。

作为一种诗歌门类，牧歌—田园诗从18世纪逐步走上了衰落的道路。亚历山大·蒲柏（Alexander Pope，1688—1744）的《田园诗集》（Pastorals）也许可以视为此类诗歌最后的重要作品，他为诗集所写的序言《论田园诗》（"Discourse on Pastoral Poetry"）则更像是就牧歌—田园诗发展历史所做的回顾和总结。然而，如果放弃文类划分的成见，将"田园风"视为一种"情调"（mode），则不难发现对"诗意田园生活"的向往——或可谓之为"阿卡迪亚情结"——已经成为西方文艺传统的重要审美理想，其中寄寓着人类因丧失自身精神家园而产生的无限怅惘。从这一观点出发，我们在华兹华斯（William Wordsworth，1770—1850）、丁尼生（Alfred Tennyson，1809—1892）等人的诗篇中仍可窥见维吉尔《牧歌》的流风遗韵。

20世纪以来，欧美学者在维吉尔学（Virgilian scholarship）领域所取得的重大成就，使我们有足够的理由称之为"重新发现维吉尔"的时代。纵观近百年的学术成果，有两个不同的方面引人瞩目：一是研究的对象、方法愈益趋于精专，如二战之后在英语世界兴起的《牧歌》研究、翻译热潮，就是一种值得关注的现象。据译者所知，从 1949 年至 20 世纪 80 年代中期，正式出版的《牧歌》英译本至少有八种之多，[45] 各类研究专著、论文更是层出不穷，难以胜计。此类论著或侧重于观念的辨析，或专注于章句的疏证，多能探幽抉微，发前人之未见。[46] 另一方面，现当代的维吉尔研究已突破一般的文学史论述和诗歌鉴赏的范畴，而拓展为宏观的文化阐释和对西方文明的反思，广泛涉及宗教思想、政治哲学等不同的学术领域。对维吉尔及其作品的评价，也超越历史的局限而提升至前所未有的高度。英国著名诗人、诺贝尔文学奖得主艾略特（T. S. Eliot 1888—1965）的见解就是一个鲜明的例证。1944 年，当二战的硝烟仍弥漫欧洲之时，艾略特发表了他就任伦敦维吉尔学会会长的讲演——《何为经典》（"What Is a Classic"）。在这篇著名的演说中，艾略特陈述了以下基本观点：

---

[45] —— *The Eclogues*, translated by Guy Lee, Penguin Books, 1984, p. 9.
[46] —— 对《牧歌》的研究在 20 世纪 70 年代形成前所未有的盛况，K.Volk 将当代学者的研究方向分为"观念派"（ideological）和"文学派"（literary）两大类型，认为前者受哈佛学派的影响，试图在维吉尔早期作品中探寻乐观主义和悲观主义的意蕴；后者则侧重于研究"文类"和"互文性"（intertextuality）等问题。K.Volk, 2008 pp. 4-6.

经典的本质在于"成熟"（maturity），包括心智的成熟、习俗的成熟、语言的成熟。这一本质是文明高度发展的结晶，并以历史的铺垫作为必要前提。因此，真正意义上的经典必然区别于特定领域、特定时代、特定语言的杰出作品而具备"普世性"（universality）。与此相反，正是囿于各自的"地方性"（provinciality），没有一种现代语言有望产生绝对的经典。欧洲是一个整体。欧洲文学的血脉源自希腊、罗马，两者构成同一循环系统。在所有的希腊、罗马诗人中，维吉尔为确立经典的标准做出了最大贡献，从而使这一"伟大的灵魂"居于欧洲文明的中心，占有其他诗人所"无法分享、不可僭取"的崇高地位。[47]

毋庸讳言，对维吉尔作品的解读也因时代、地域，乃至个人观点的不同而有所差异，甚至出现过褒贬不一的评价。由于历史、文化的原因，维吉尔在汉语圈中长期处于被"边缘化"的境地，虽然近年来国内学界在译介海外相关研究成果方面做出了可喜的成绩，仍与维吉尔在西方的地位和影响极不相称。[48]但是，如果要深入理解西方文明的精神实质，则不能不上溯于此一文明的源头，不能不回

---

[47] —— Eliot, "What Is a Classic", *On Poetry and Poets*, 2009, pp. 52-74.
[48] —— 参阅刘津瑜《维吉尔在西方和中国：一个接受史的案例》，《世界历史评论》，2015年第2期，第226-264页。

到希腊、罗马作家的伟大作品。这些作品不仅属于欧洲，也属于整个世界。

正如艾略特所指出的那样，在"混淆智慧与知识，不辨知识与信息，并且企图以工程技术的手段解决人生问题"的当代社会，必然产生一种新型的"狭隘意识"（provincialism），其威胁在于使我们漠视历史，切断文明的脉络。[49] 因此我们需要经典，否则我们便会丧失衡量事物的尺度。

从诗人的成名作《牧歌》开始，让我们走进维吉尔的经典世界，在一个逾越时空的宏大语境中，与智者对话，偕至人同行。

---

[49] —— T.S.Eliot, "What Is a Classic", *On Poetry and Poets*, 2009, p.72.

第一章

梅利博欧斯：

[1]迪蒂卢斯[1]，你独卧山毛榉[2]的幢幢翠盖之下，用纤细的芦管试奏山野的谣曲[3]。我们，却要告别祖国的疆域，舍弃温馨的田园。我们逃离父母之邦[4]，而你，迪蒂卢斯，则逍遥树荫，教林木应声呼唤"美丽的阿玛吕丽丝"[5]。

迪蒂卢斯：

[6]噢，梅利博欧斯[6]，安乐闲逸，拜神灵所赐。我们将永世敬奉此神，时时以栏圈里温驯的羔羊之血浸染庄严的祭坛。蒙神灵恩准，如你所见，我的牛群四处漫游；而我，则可随心所欲，玩弄乡村的牧笛。

梅利博欧斯：

[11]我无嫉妒之意，唯多惊奇之感。如今乡间到处一片乱象，我身心交瘁，仍驱赶羊群，投奔前路。可是，迪蒂卢斯，这头母羊，实在令人奈何不得。在茂密的榛丛中，它刚刚产下一对幼羔，羊群的希望，唉，竟被遗弃在光秃秃的岩石上。若非头脑糊涂，本该时刻记取：遭天雷轰击的橡树已经向我们预示了此一祸事。不过，烦请见告，迪蒂卢斯，你们敬奉的究竟是何方神圣？

牧　歌

迪蒂卢斯：

　　［19］恕我愚陋，以为人称"罗马"的都城亦如故乡的集镇，驱羊挈羔，可来可往。既知狗崽形似獒犬，幼羔类同母羊，何妨以小比大，说短论长。然而，此城昂首奋起，雄踞万邦之间，犹若翠柏郁郁孤立，琼花[7]团团簇拥。

梅利博欧斯：

　　［26］是何缘由，如此迫切，使你亟欲造访罗马？

迪蒂卢斯：

　　［27］自由，虽姗姗来迟，仍肯眷顾萎靡的懒汉。刀剪之下，但见须发半白，纷纷飘落。然而，她终肯眷顾于我并惠然莅临，即便经历了漫长的岁月，直至阿玛吕丽丝当家做主，伽拉忒娅[8]离我而去。因为，容我坦言，受伽拉忒娅管辖之时，我既无获取自由的奢望，也不存积攒钱财的心思。尽管从自家的羊圈里献出了无数的牺牲，并为忘恩负义的城市压榨了大量的乳酪，却不曾手握重金回转家门。

梅利博欧斯：

　　［36］我时常诧异，阿玛吕丽丝，你为何如此哀怨地呼唤苍天？你为谁任累累硕果空悬枝头？迪蒂卢斯已不在身旁。松林、泉水和果园，迪蒂卢斯，都在召唤游子归还。

第一章

迪蒂卢斯：

［40］我又能如何？无人为我解除奴隶的桎梏，无处可以参拜显圣的神灵。在此，梅利博欧斯，我见到了他，那正当英年的王者[9]。一年之内，我们的祭坛要为他升烟二六一十二天。对于在下的祈求，他首次赐以训谕："朕之子民，秣饲尔等之牝牛，一如既往，养育尔等之牡牛。"

梅利博欧斯：

［46］幸运的老人！所以，你的田产仍将得以保留。对你而言，这片土地已足够宽广，虽然四处散布裸露的石块，而且泥淖淤积，蒲蔺丛生，连绵的沼泽湮灭了大片的牧场。没有异种的饲料困扰怀胎的母羊，附近的羊群也不会传播疫病酿成祸患。幸运的老人！这里，在熟识的溪流和圣洁的泉水之间，可以享受浓荫的清凉。毗邻的地界，篱边柳媚花明，春色依旧，绪勃剌[10]的蜂群采食花蜜，嗡嗡飞鸣，催人入眠。巍峨的巉岩下，樵夫临风高歌。咕咕啼叫的野鸽，你的宠物，还有斑鸠，飞落在榆树的顶端，也不会停止絮絮的低吟。

迪蒂卢斯：

［59］除非矫捷的牡鹿在天空进食，大海将鱼儿赤条条地弃置在沙滩上；除非远徙他乡的帕提亚人[11]与日耳曼人[12]易地而居，前者就阿拉尔河[13]解渴，后者到底格里

斯河[14]饮水,他的音容绝不会从我的心底隐退。[15]

梅利博欧斯:

[64]但我们仍须前行,有人去往旱魃肆虐的阿非利加[16],有人到达斯基泰[17]和恶浪裹挟着白垩[18]的奥阿克西斯河[19],乃至与世隔绝的不列颠[20]。哦,多年之后,我能否再睹祖国的疆界,重见那茅草葺顶的寒舍?能否满怀惊喜地看到那几畦禾苗,我昔日的王国?无法无天的军汉霸占了新开垦的良田,异邦的蛮夷[21]获取了成熟的庄稼。[22]看啊,内乱纷争令苦难的罗马公民[23]落入了何种境地:我们耕田播种,他人坐享其成![24]如今,梅利博欧斯,准备接种梨树[25],栽培成行的葡萄吧。去吧,我的山羊。去吧,曾经兴旺一度的畜群。从此以后,我再也不会躺卧在苍青的岩穴里,遥望你们在草木葱茏的山崖上逗留。我将不再歌唱,不再照看羊儿觅食繁花似锦的苜蓿和气味清苦的柳叶。

迪蒂卢斯:

[79]不过,今夜你我可同宿碧绿的茵褥之上[26],我们有新鲜的水果、绵软的板栗和丰盛的乳酪。远方,农庄的屋顶已飘起袅袅炊烟,高冈也投下了长长的阴影[27]。

注 释

1 —— 迪蒂卢斯（Tityrus），虚构的人物，源自忒奥克里图斯的《田园诗》(*Idylls* III)，又见本书第三章、第五章、第六章、第八章、第九章。在《牧歌》诸篇中，此类多次登场或被反复提及的人物身份未必一致，但同一名字的屡屡出现造成了"累积的效果"（cumulative effect, Jones, 2013, pp.90-91）。

2 —— 山毛榉（fagus），又名水青冈，学名 *Fagus silvatica* Linn.，山毛榉科山毛榉属落叶乔木，树形高大，枝条开张，树冠呈圆形，广泛分布于欧洲大陆。据老普林尼的记述，山毛榉树皮在古罗马的乡村有诸多用途，如编织篮篓，铺葺屋顶，收获的季节还可以制成大筐运载粮食或葡萄（Pliny, *Naturalis Historia* XVI. 14）。在本书中，山毛榉是"牧歌诗境"（bucolic space）的标帜（又见第二章、第九章），其木材可雕镂为工艺品（见第三章），树皮则是牧人歌手用以抄录诗稿的书写材料（见第五章）。

3 —— "山野的谣曲"，原文"silvestrem Musam"（silvestris Musa 的宾格）。按：Musa (*pl.* Musae)，通译"缪斯"，

希腊神话中的文艺女神,主神宙斯(Zeus)与记忆女神谟涅摩叙涅(Mnemosyne)的女儿们,共九名,分别司掌不同的艺术或科学门类。该词亦用以指称诗篇或歌曲,如贺拉斯所谓的"Musa procax"(恣肆之诗),其复数形式可兼作"学术"的代称(Cicero, *Tusculanae Disputationes* V. 66; Horace, *Carmina* II. 1.36; id. *Sermones* II. 6. 17)。

4 —— 原文"patriam"(patria 的宾格),为 pater(父亲)的形容词阴性形式,本义"属于父亲的"或"父辈遗留的",引申为"祖国""故土"之义(Cicero, *In Catilinam* I. 7. 17),与汉语所谓"父母之邦"(如《论语·微子》:"何必去父母之邦?")正相契合。

5 —— 阿玛吕丽丝(Amaryllis),乡村美女的名字,借自忒奥克里图斯的《田园诗》(*Idylls* III),又见本书第二章、第三章、第八章、第九章。在忒氏的作品中,阿玛吕丽丝栖居山洞之内,牧人为她咏唱情歌,但她始终不肯现身。

6 —— 梅利博欧斯(Meliboeus),虚构的人物,又见第三章、第七章。

7 —— 原文"viburna"(viburnum 的复数宾格),是一种荚蒾属(学名 *Viburnum* Linn.)灌木,或称"欧洲琼花",聚伞花序,花白色,初夏开放。

第一章

8 —— 伽拉忒娅（Galatea），具有多重身份的人物，此处为"权力"的象征，在第三章中是天性活泼的村姑，在第七章和第九章中为海神涅柔斯（Nereus）的女儿。公元5世纪初的注疏家塞尔维乌斯（M. Servius Honoratus）认为"伽拉忒娅"代表诗人的故乡曼图亚，"阿玛吕丽丝"代表罗马，亦可备一说（Servius, ad loc.）。

9 —— 原文"iuvenem"（iuvenis的宾格），本义"青年"，应指屋大维。C. D. Lewis 英译为："young prince"（年轻的王子），意义更为显豁（Lewis, 2009, p.4）。按：屋大维生于公元前63年，小维吉尔七岁，在《农事诗》中，维吉尔也以"iuvenis"一词指称屋大维（Virgil, *Georgica* I. 498-501）。

10 —— 绪勃剌（Hybla），西西里岛古城，老普林尼称当地出产上佳的蜂蜜，但文献记载该岛至少有三座同名城镇，不知普氏所云果为何处（Pliny, *Naturalis Historia* XI. 13；Pausanias, *Periegesis Hellados* V. 23, 6）。

11 —— 帕提亚人（Parthus, *pl.* Parthi），兴起于伊朗高原东北部的古代民族，公元前3世纪至公元3世纪之间曾统治西亚地区，建立帕提亚帝国（中国史籍称"安息"，见《史记·大宛列传》《汉书·西域传》），是罗马在东方的劲敌。

12 —— 日耳曼人（Germani），生活在欧洲中部和北部，拥有共同祖先、相近习俗并使用日耳曼语族诸语言的古代部族之总称（Tacitus, *De Origine et Situ Germanorum*）。按：原文采用"Germania"（作为地理概念的"日耳曼尼亚"）一词，当是缘于"长短短格"（dactyl）诗律的限制（aut Ger- | mānia | Tigrim）。

13 —— 阿拉尔河（Arar），今名索恩河（Saône River），法国东部河流，源出孚日山脉（Vosges Mountains），南流至里昂汇入隆河（Rhône River）。

14 —— 底格里斯河（Tigris），西亚大河，发源于安纳托利亚高原，流经今伊拉克境内，与幼发拉底河共同孕育了美索不达米亚的古代文明，两河合流后注入波斯湾。

15 —— 诗人以一系列违背常理的事态作为前提，从反面强调"他"（即上文所谓"正当英年的王者"）给予"迪蒂卢斯"的印象不可磨灭。杨宪益先生认为这种修辞方式类似汉乐府"山无陵，江水为竭，冬雷震震，夏雨雪，天地合，乃敢与君绝"（《上邪》）的说法（杨译《牧歌》，2011，81—82页）。

16 —— 阿非利加（Africa），狭义指北非古国迦太基（Carthago）及罗马灭亡该国后在其故土设置的阿非利加行省，广义谓非洲大陆。

第一章

17 —— 斯基泰（Scythia），历史地区，横跨从多瑙河口至咸海以东的广袤区域，曾为斯基泰人游牧和徙居的范围（Herodotus, *Historiai* IV.1—114）。在罗马作家眼中，斯基泰是寒冷而荒凉的极北之地，正如维吉尔在《农事诗》中所描写的那样："大地莽莽苍苍，莫辨险夷，掩埋在七寻深的积雪和层冰之下。此地终古严寒，朔风长吹，无论日神的骏马登上天庭，抑或其车驾没入殷红的海洋，阳光从未驱散灰白的阴霾。"（Virgil, *Georgica* III. 349-383，引文录自拙译《农事诗》，商务印书馆2023年版。凡引用《农事诗》皆本此，不另注）。

18 —— 莱比锡本作"cretae"（白垩），巴黎本作"Cretae"（克里特），未知孰是。Guy Lee 和 C. Day Lewis 均将该词翻译为"chalky"（白垩的），姑从之（Guy Lee, 1984, p.33；Lewis, 2009, p.5）。

19 —— 奥阿克西斯河（Oaxes），一说即克里特岛的阿克苏斯河（Axus River），一说为诗人将奥克苏斯河（Oxus）与阿拉克西斯河（Araxes）合称而杜撰的名词（Guy Lee, 1984, p.110）。按：奥克苏斯河一名阿姆河（Amu Darya），旧译"乌浒水"（见新、旧《唐书》），发源于帕米尔高原，流经今阿富汗、塔吉克斯坦、土库曼斯坦诸国边境，注入咸海。阿拉克西斯河又名阿拉斯河（Aras River），源出土耳其东北部，大部分河段为土耳其—亚美尼亚、伊朗—阿塞拜疆界河，在阿塞拜疆境内汇入库拉河（Kura River）。

20 —— 公元前55年和前54年，朱利乌斯·恺撒两次率军入侵不列颠（Britanni），均无功而返，直至百年之后，罗马人才实现了对该岛的部分征服。在维吉尔的时代，与欧洲大陆隔海相望的不列颠仍被视为远离文明世界的蛮荒之域（Caesar, *Commentariorum de Bello Gallico* IV. 23-36, V. 12-23；Virgil, *Georgica* III. 24-25）。

21 —— "异邦的蛮夷"（barbarus）应指罗马军团中的外族雇佣兵。

22 —— 腓力比之役后，罗马当局在乡村强行征收土地以安置退伍士兵，使大量自耕农丧失了赖以为生的田产，被迫背井离乡另觅活路，本篇中的"梅利博欧斯"就是一个典型的代表。在《农事诗》中，诗人写道："有人用温馨的家园换取流亡的结局，在异国的天日下寻觅安身之地"，说的也是上述事件造成的灾难性后果（Virgil, *Georgica* II. 511-512）。参看本书"导言"。

23 —— 对照上文的"蛮夷"，诗人使用"公民"（civis）一词应具有深意，因为朱利乌斯·恺撒亟欲将人口众多、资源丰富的山内高卢地区纳入其势力范围,该地居民在公元前49年已正式获得"罗马公民"的身份。

24 —— 原文为:"his nos consevimus agros！"直译即:为了这些(人或事)我们在田间播种！按:"his"(hic 的复数与格或夺格)一词指涉宽泛,但从语意的前后关联看,似谓上文言及的"军汉"和"蛮夷"。

25 —— F. Jones 认为"梨树"(pirus)象征"脆弱的生活方式",与第九章中"接种梨树吧……你的后代将采摘成熟的果实"相互关涉(Jones, 2013, p. 32)。

26 —— 原文"fronde super viridi",直译即"绿叶之上",意谓将树叶铺在地上作为床褥。

27 —— Guy Lee 指出"阴影"(umbrae)有"不祥"的意味(Guy Lee, 1984, p. 110)。F. Jones 则视之为"牧歌诗境"的边界,"梅利博欧斯"一旦跨越此一界限,将走向充满敌意的危险境地(Jones, 2013, p. 71)。

第二章

[1]牧人柯吕东[1]热恋主家的爱宠,俊俏的阿列克西斯[2],明知白费心思,他只能反复走进蒙茏茂密的山毛榉林间,空怀一腔热忱,独自对冈峦和丛莽倾吐杂乱无章的词句。

[6]"哦,冷酷的阿列克西斯,难道你不曾留意我的歌声?莫非你毫无怜悯之心?[3]你终将置我于死地!此刻,连牛羊也要寻觅一片阴凉,绿色的蜥蜴也要藏身蒺藜丛中。忒斯迪里[4]为难耐酷暑的刈禾人捣碎气味辛香的地椒[5]、大蒜和草药,[6]而我,伴着响彻园圃的嘶哑蝉鸣,在炎炎赤日下追寻爱人的足迹。也许本该容忍阿玛吕丽丝的愠怒和倨傲?或者与麦纳尔喀斯[7]结为伴侣?虽然他皮肤黝黑,而你则皎洁如玉。啊,美少年,切勿以容色自矜:素白的女贞花[8]纷纷凋谢,青碧的越橘果[9]正堪采撷。"

[19]"你鄙视我,阿列克西斯,也不问问我究为何人,无论我的羊群多么兴旺,洁白如雪的乳汁多么充足。我饲养的绵羊,足足有一千只,徐徐行走在西西里[10]的山坡,盛夏严冬,都不会断绝鲜奶的供应。[11]我歌唱,如狄尔刻的安菲翁[12]在阿克忒的阿拉钦图山[13]上召唤畜群。我的相貌并不丑陋。前日,风平浪静,我曾在海边一睹自己的容

颜[14]——倘若水中之影不欺人,任君评判,我也不让达夫尼斯[15]的风采。"

[28]"哦,唯愿你我隐居穷乡陋室,猎鹿放羊,用木槿的绿枝作为羊鞭。与我同在林间,你可仿效潘神[16]吹奏排箫。正是潘神发明了用蜂蜡粘连箫管的方法,[17]他还照顾羊群,也关心羊群的牧人。不要介意箫管擦伤嘴唇,为练就这门技艺,阿缪塔斯[18]何种苦头不曾尝过?我有一副长短七管参差骈列的排箫,是达摩埃塔[19]昔日留赠的遗念,临终之际,他说:'此物就交由你继承。'达摩埃塔如是说,愚蠢的阿缪塔斯便心怀妒意。我在险峻的山隘间捕获了两只獐子,皮毛尚存点点白斑,一日两次,它们要吸干母羊的乳汁。为你,我收养了两只獐子。忒斯迪里再三央求,想把獐子领走。她终将如愿以偿,既然我的礼物在你眼中不值分文。"[20]

[45]"来吧,美少年!山林女仙[21]为你携来满篮的百合,白皙的湖沼精灵赠你浅色的紫堇和罂粟的蓓蕾,杂水仙、莳萝之繁葩,结菌桂、芳芷之柔荑,并且以金黄的万寿菊为鲜嫩的黑越橘增光添彩。而我,将亲手采集生满银色绒毛的榅桲[22]和阿玛吕丽丝钟爱的山栗。我还要在其中添上几颗蜡李的果实,使之同享尊荣。我欲斫月桂之青柯,掇香桃之琼英,令众芳荟萃而芬馨愈烈。"[23]

第二章

[56]"柯吕东,乡巴佬,阿列克西斯从不贪图恩惠,何况用馈赠赌输赢,伊奥拉斯[24]又岂肯言败。唉,唉,可怜俺成就了何等好事!听凭南风[25]摧落了鲜花,一任野猪玷污了清泉。噫,痴儿,汝回避何人?诸神曾安居林间,还有达达尼的帕里斯[26];让帕拉斯[27]经营她亲自建造的城堡,山林是我们至爱的乐园。凶猛的母狮追逐狼,狼追赶羊,淘气的山羊追寻开花的苜蓿,柯吕东追求阿列克西斯,[28]皆因各有所欢,难免如影从形。看啊,牡牛已牵曳悬在犁轭上的耕犁相继归来,西沉的落日投下双倍的阴影。可是情欲仍旧将我煎熬——情之为物,谁能拘管?柯吕东啊柯吕东,你真是鬼迷心窍!修剪了一半的葡萄藤依然垂挂在枝繁叶茂的榆树之上。[29]何不打算做些有益的事情,编织柳筐或者芦席?你将找到另一个阿列克西斯,如果这位对你不屑一顾。"[30]

注　释

1—— 柯吕东（Corydon），牧人的名字，借自忒奥克里图斯的《田园诗》（*Idylls* IV），又见第七章。

2—— 阿列克西斯（Alexis）之名始见于柏拉图（Plato）、梅勒阿格（Meleager，前2世纪）的箴言诗（*Anthologia Palatina* VII. 100 ; XII. 127, 164），是《牧歌》中"非忒奥克里图斯式"（unTheocritean）的人名之一。从文类学的观点出发，有学者认为"阿列克西斯"一名反映出城市文化的色彩，与"柯吕东"分属不同的社会群体（Jones，2013，p. 94）。另，在古罗马，男性间的同性恋现象非常普遍，上层社会更有蓄养娈童的风气。

3—— 对照忒奥克里图斯《田园诗》之十一第28—29行："我爱你从未间断，而你竟漠然视之，毫不在意。"（Theocritus, *Idylls*, 据 Anthony Verity 英译本转译，Oxford University Press, 2008, 标注篇章、诗行，概以此本为准，下同，不另注）。

4—— 忒斯迪里（Thestylis），虚构的人物，在忒奥克里图斯的《田园诗》中为一女奴（*Idylls* II）。

5—— 地椒（serpyllum），一种野生的百里香，学名

Thymus serpyllum Linn.，唇形科百里香属草本植物，茎叶可做膳食香料，亦可入药。

6 —— 塞尔维乌斯依据"以寒能制热，以热亦能制热"（calor potest aut frigore aut alio calore depelli）的医理，认为混合地椒、大蒜和"热性之草药"（herbae calidae）配制的药剂可用以"祛暑"（aestum repellunt, Servius, ad loc.）。

7 —— 麦纳尔喀斯（Menalcas），源自伪《田园诗》(*Idylls* VIII, IX）的人名。又见第三章、第五章、第九章、第十章。

8 —— 女贞（ligustrum），学名 *Ligustrum vulgare* Linn.，木樨科女贞属常绿灌木或乔木，圆锥花序顶生，色纯白，开时如香雪堆积。

9 —— 原文"vaccinia"（vaccinium 的复数主格），英译或作 hyacinth，即风信子（学名 *Hyacinthus orientalis* Linn., C. D. Lewis, 2009, p.7），或作 bilberries，即欧洲越橘（又称黑果越橘，学名 *Vaccinium myrtillus* Linn., Guy Lee, 1984, p.39），此从后者。

10 —— 西西里（Sicilia），地中海第一大岛，位于意大利半岛西南隅，历史上曾被不同的民族所占有，今属意大利。与后文的"阿卡迪亚"相似，此处之"西西里"亦非严格的地理概念,作为牧歌—田园诗的故乡,其象征意义远大于实际意义。参看第四章注1、注28,第六章注2及第十章注1。

11 —— 在这段天真的独白中,主人公似乎发生了心理上的"角色转换",以致将"主家"的财产当成了自我炫耀的本钱。对照忒奥克里图斯《田园诗》之十一第34—37行:"……我放牧一千头牲口,饮用上好的鲜奶。我还有大量的乳酪,无论夏秋,抑或冬末……"

12 —— 狄尔刻的安菲翁(Amphion Dircaeus),希腊神话中的英雄,宙斯与维奥蒂亚公主安提俄珀(Antiope)之子,因底比斯王后狄尔刻(Dirce)欺凌其母,遂杀之,并自立为底比斯王。狄尔刻死后化作一眼泉水,由此名闻遐迩并成为底比斯的象征。又,传说安菲翁精通音律,善弹里尔琴,曾用音乐的魔力感召石头,筑成了底比斯的城墙(Apollodorus, *Bibliotheca* III. 5.5;Hyginus, *Fabulae* VI, VII;Ovid, *Metamorphoses* VI. 221-223,271-272)。

13 —— 阿拉钦图山(Aracynthus)位于希腊阿提卡和维奥蒂亚边境地区,安菲翁与其弟泽托斯(Zethus)少年时曾在山中牧羊。阿克忒(Acte)为阿提卡之古称。参看前注。

14—— 对照忒奥克里图斯《田园诗》之六第34—35行："我的容貌并不像人们所说的那般丑陋，刚才我还在平静的海水中看到自己……"

15—— 达夫尼斯（Daphnis），传说中的西西里牧人歌手，亦即"牧歌"的鼻祖。达夫尼斯曾发誓效忠于深爱他的仙女，后因背约而受到惩罚，成为双目失明的盲人。关于达夫尼斯的爱与死，是牧歌—田园诗的主题之一（Theocritus, *Idylls* I）。此处应非实指其人，而是以"达夫尼斯"作为美男子的代称。又见第三章、第五章、第七章、第八章、第九章。

16—— 潘神（Pan），希腊神话中的畜牧神，人身羊腿，头顶有角，据说为神使赫尔梅斯（Hermes）之子，出生于阿卡迪亚的吕凯乌斯山（Lycaeus），是畜群的保护者和天才的音乐家（*Hymnus Homericus ad Panem*; Theocritus, *Idylls* I. 3, VII. 103-110; Virgil, *Georgica* I. 16-18）。

17—— 潘神爱慕山林女仙绪任克斯（Syrinx），为避其追逐，绪任克斯疾奔至河边，化身为芦苇，迎风悲鸣，声甚哀婉。潘神取芦管制为排箫，名之曰"绪任克斯"（Ovid, *Metamorphoses* I. 689-712）。

18—— 阿缪塔斯（Amyntas），虚构的人物，源于忒奥克里图斯的《田园诗》(*Idylls* VII),又见第三章、第五章、第十章。

19 —— 达摩埃塔(Damoetas),借自《田园诗》的人名(*Idylls* VI)。在忒氏之作中达摩埃塔是一名牧人歌手。又见第三章、第五章。

20 —— 对照忒奥克里图斯《田园诗》之三第34—36行:"我为你养了一头白色的母羊和两只羊羔,麦穆农家黑皮肤的女奴想要得到它们;也罢,就给她好了,随便你怎么笑话我。"

21 —— 山林女仙(Nympha, *pl.* Nymphae),或译"宁芙",希腊神话中自然物的人格化代表,年轻貌美,能歌善舞,其中的树仙称"德吕亚"(Dryas, *pl.* Dryades)或"哈马德吕亚"(Hamadryas, *pl.* Hamadryades),川泽湖沼精灵名"纳伊斯"或"纳亚斯"(Nais/Naias, *pl.* Naides/Naiades)。

22 —— 原文"mala"(malum 的复数宾格),泛指各类水果。据其"生满银色绒毛"(cana...tenera lanugine)的形态特征,Fairclogh 英译为"quinces",即榅桲,甚是。按:榅桲,学名 *Cydonia oblonga* Mill.,蔷薇科榅桲属灌木或小乔木,果实密被绒毛,洗净后方可食用。

23 —— 诗人在此言及的植物花期各不相同,其中有春天的

第二章

水仙（narcissus）、紫堇（viola），夏日的百合（lilium）、罂粟（papaver），也有晚至初秋依然盛开的万寿菊（caltha），因此有研究者认为这段描写类似荷兰的花卉画，具备"四时同春"（seasons are...amalgamated in a uniform benignity）的意象（Jones, 2013, p. 67, 参看 17 世纪荷兰画家 Ambrosius Bosschaert 或 Jan Davidsz de Heem 的作品）。对照《田园诗》之十一第 55—59 行："然后我就能潜入海底……给你献上洁白的雪滴莲和嫣红的罂粟花，前者开放在冬季，后者开放在夏天，所以我无法同时赠送你。"一则宕逸，一则质实。

24 —— 伊奥拉斯（Iollas），虚构的人物，应指柯吕东和阿列克西斯的"主家"，又见第三章。

25 —— 南风（Auster），从北非吹往南欧的夏季风，今称"西洛可风"（sirocco），干燥郁热，风势猛烈。

26 —— 达达尼的帕里斯（Dardanius Paris），荷马史诗《伊利亚特》中的特洛伊王子，因做出"帕里斯的裁判"而获得美女海伦（Helene），由此引发希腊联军对特洛伊的战争。关于帕里斯的早年生活，在荷马史诗中并无明确记述，依据叙癸努斯《故事集》（应为公元 2 世纪的托名之作）的说法，帕里斯出生时有异兆，故遭父母遗弃，少年时曾在弗里吉亚的伊达山（Ida）牧羊

（Hyginus, *Fabulae* XCI）。另，传说特洛伊人的始祖达达努斯（Dardanus）在伊达山麓建立了一座城池，名之为"达达尼亚"（Dardania），因此特洛伊人也被称为"达达尼人"（Dardani）。参看第四章注18。

27 —— 帕拉斯（Pallas），智慧女神雅典娜（Athena）的美称，意为"舞枪弄剑者"。雅典娜也是雅典的保护神，此句中的"城堡"（arces）应指雅典城。

28 —— 对照忒奥克里图斯《田园诗》之十第30—31行："山羊追寻苜蓿，狼追逐羊，野鹤追踪犁铧，而我只为你疯狂。"

29 —— 古罗马人种植葡萄多利用矮树作为藤蔓的承托物，瓦罗称之为"天然支架"（pedamentum nativum, Varro, *Rerum Rusticarum de Agri Cultura* I. 8），维吉尔在《农事诗》中则将这种栽培方式比喻为"令葡萄与榆树缔结良缘"（ulmisque adiungere vites, Virgil, *Georgica* I. 2）。

30 —— 对照忒奥克里图斯《田园诗》之十一第72—76行："独眼啊独眼，你怎么就缺心眼儿？你要放明白，就去编制篮筐，割草喂羊，要么顺手挤点羊奶，何必紧追一名逃走的女子？你会找到另一位伽拉忒娅，也许更加漂亮可爱。"

第三章

麦纳尔喀斯：

［1］达摩埃塔，请问羊群属于何人？梅利博欧斯？

达摩埃塔：

［2］否，是埃贡[1]的羊群，前日埃贡托付我照管。

麦纳尔喀斯：

［3］可怜的羊儿啊，向来运气欠佳。你们的主人讨好内艾拉[2]，生怕她相中我，看不上他。雇用的羊倌一个钟点挤奶两次，令母羊元气大伤，让羊羔无奶可吃。[3]

达摩埃塔：

［7］出口伤人，务必三思。我知道你跟谁狼狈为奸，连羊儿都斜眼睨视；我还晓得丑事发生在哪座神庙，性情和善的仙女曾暗自讪笑。

麦纳尔喀斯：

［10］我明白，那天有人看见我挥舞邪恶的镰刀，把弥康[4]的果树和葡萄秧糟践。

达摩埃塔：

［12］在这几株古老的山毛榉树下，你还折断达夫尼斯的弓箭。心术不正的麦纳尔喀斯啊，你看见那孩子得到礼物就妒火中烧，不变着法儿加害于他，你简直无以为生。

牧　歌

麦纳尔喀斯：

[16] 盗贼如此猖獗，主人有何对策？莫非我不曾看见，你这个恶棍，设下圈套要抓达蒙[5]的山羊，惹得狗儿狂吠不已？我大叫："人在哪里？迪蒂卢斯，快把羊群赶开！"你连忙钻进草丛蜷伏躲藏。

达摩埃塔：

[21] 难道我跟他对歌不曾取胜？既然我吹奏排箫技高一筹，难道他不该输我一只山羊？要知道，那头羊本来就应该归我，达蒙曾亲口答应，事后他居然赖账。

麦纳尔喀斯：

[25] 你跟他对歌竟能取胜？你果真有一副用蜂蜡粘连的排箫？难道不正是你，蠢材，在三岔路口，用一支尖声的笛子把哀婉的曲调吹得刺耳难听？[6]

达摩埃塔：

[28] 既然如此，何不轮番比试一回，且看谁的本领高强？我以这头母牛作为赌注，你可不能借故推诿。这头牛每天产两桶奶，还喂养了一对牛犊。你说，用什么做比赛的赌注？

麦纳尔喀斯：

[32] 我不敢拿牲口跟你打赌，我家里有老爹，还有一位黑心的后母。他们每日两次清点家畜的数目，有一位

第三章

连羊羔也要计算在内。既然你定要无理取闹,就必须承认我的赌注更为贵重。我押上一对用青冈木[7]制成的酒杯,雕刻精美,刀法娴熟,乃圣工阿吉美顿的制品[8]。杯上雕有葡萄的柔蔓,簇簇果实间穿插着茑萝的细茎。中心有两个人物,其一为考农[9],另一位是谁[10]?正是他用标杆为人类测量天地,何时该耕耘,何时该收获,一一指点分明。两只酒杯我尚未沾唇,却一直悉心予以保存。[11]

达摩埃塔:

[44]同一阿吉美顿也为我制作了两只酒杯,把柄上围绕着卷曲的莨苕叶[12],中心为俄耳甫斯[13],身后紧随一带青林。这对酒杯我也未曾沾唇,却始终经意加以收藏。不过,只要看看我养的母牛,区区酒杯又何足称道。

麦纳尔喀斯:

[49]今日你再也无法逃身!你若开口,我必回应。不过,比赛还得有一位裁判——帕雷蒙[14],已经来到身边。从此以后,我教你不敢争强好胜!

达摩埃塔:

[52]有歌你就开口唱吧,我决不畏缩退让,又岂能临阵脱逃。只是比赛非同儿戏,还要烦劳高邻用心聆听。

帕雷蒙:

[55]我们坐在柔软的草地上,田野返青,林木发芽,

正是一年好光景。唱吧,达摩埃塔;而你,麦纳尔喀斯,要接着唱出下句。你们必须轮番对唱,因为司歌女神[15]喜欢对唱的歌曲[16]。

达摩埃塔:

[60] 我的歌以朱庇特[17]开篇,其精气充盈世间万物。神灵使大地丰饶富足,他必定欣赏我的颂歌。

麦纳尔喀斯:

[62] 福玻斯[18]对我特加恩宠,我也常备祀神的供品,有姹紫嫣红的风信子,还有日神钟爱的月桂。

达摩埃塔:

[64] 泼辣的小妞伽拉忒娅,朝我扔过来一只苹果,转身便藏入绿杨荫里,指望我一眼把她认清。

麦纳尔喀斯:

[66] 我的恋人阿缪塔斯,自愿前来与我做伴。如今我的狗跟他相熟,就像认识天边明月[19]一般。

达摩埃塔:

[68] 馈赠爱人的礼物我已选定,在野鸽筑巢的高处,亲自认准了目标。

麦纳尔喀斯:

[70] 我也尽我所能,给了我的好友十颗金苹果,从林间的树梢摘下,明天我还要送他十颗。[20]

第三章

达摩埃塔：

[72] 伽拉忒娅对我讲了几多甜言蜜语，风儿啊，请将其中的两句吹送到天神的耳畔。

麦纳尔喀斯：

[74] 就算你内心并不嫌弃我，阿缪塔斯，那又有何意义？如果你去追猎野猪，却留下我看守网罟。

达摩埃塔：

[76] 请吩咐费里斯[21]前来见我，伊奥拉斯，今天是我的生日。当我为祈求丰收屠宰一头牛犊，你得亲自到场祝贺。

麦纳尔喀斯：

[78] 我爱费里斯胜于一切，伊奥拉斯，因我离去时她泪流满面，她还殷切叮嘱："珍重，俏哥儿，珍重！"

达摩埃塔：

[80] 怕的是恶狼闯入羊圈，暴雨冲毁成熟的庄稼，狂风摧折茂盛的树木，而我，最忧心阿玛吕丽丝发怒。

麦纳尔喀斯：

[82] 喜的是露水浇湿禾苗，杨梅喂饱断奶的幼羔，垂柳照拂产崽的母羊，对我，唯有阿敏塔斯讨人欢心。

达摩埃塔：

[84] 波利奥[22]青睐我的缪斯，虽然她像朴素的村姑。

皮尔利亚的仙女们[23],喂肥你们的牛犊,飨赐你们的读者。

麦纳尔喀斯:

[86]波利奥本人也有新诗问世:"把一头公牛养得又肥又壮,看它角牴嬉戏,用四蹄扬起尘沙。"

达摩埃塔:

[88]愿爱你的人也来到令你怡悦的乐园,波利奥,愿花蜜为他流溢,荆棘丛中生出豆蔻[24]。

麦纳尔喀斯:

[90]让不讨厌巴维的人欣赏梅维的诗歌[25],让他赶着狐狸耕地,牵来公羊挤奶。

达摩埃塔:

[92]采摘鲜花和野果的孩子们,快快躲开,草丛里藏匿着冰冷的蟒蛇。

麦纳尔喀斯:

[94]不要跑得太远,羊儿啊,岸边隐伏危机,千万不可大意,那头公羊此刻还在晾晒濡湿的毛皮。

达摩埃塔:

[96]迪蒂卢斯,从河边将吃草的羊群赶回,到时候我会亲自在泉水里为它们洗澡。

麦纳尔喀斯:

[98]孩子们,快令羊群聚拢。如果暑气如前日一般

第三章

使乳汁涸竭,用两只手掌挤奶也是白费力气。

达摩埃塔:

[100] 唉,唉,我的公牛吃饱了肥美的巢豆[26]依然如此瘠瘦,同样的爱情令牲口和牧人受够了痛苦。

麦纳尔喀斯:

[102] 请勿将祸事归咎于爱情,我那群温驯的羊羔瘦得皮包骨头,[27]想必有一双恶毒的眼睛在暗中窥伺。[28]

达摩埃塔:

[104] 告诉我,在什么地方,天穹的宽度最多不超过三肘[29]?我将奉你为伟大的太阳神。

麦纳尔喀斯:

[106] 回答我,在何一国度,开放着记载君王名号的花朵?[30]说出来费里斯就归你所有。

帕雷蒙:

[108] 二位放言高论[31],我辈岂敢妄议。你和他——以及所有畏惧爱之甜蜜或饱尝其苦的人——都应该犒赏一头肥牛。孩子们,关闭闸门,草地已经得到了充分的滋润。

注　释

1 —— 埃贡（Aegon），虚构的人物，源自忒奥克里图斯的《田园诗》(*Idylls* IV)，又见第五章。在忒氏之作中，埃贡是一名出色的摔跤手，他前往奥林匹亚参加竞技大会，故将自家的牛群托付牧人柯吕东照管。

2 —— 内艾拉（Neaera），本为希腊神话中的仙女，也是帕忒尼乌斯《爱之哀愁》的女主角之一及贺拉斯对其恋人的称谓（Homer, *Odysseia*, XII. 133; Parthenius, *Erotica Pathemata* XVIII; Horace, *Epodes* XV. 11; id. *Carmina* III.14.21），此处借用为村姑的名字。

3 —— 对照忒奥克里图斯《田园诗》之四第1—3行："巴图斯：'请问，柯吕东，这群牛归谁所有？菲隆达斯？'柯吕东：'不，是埃贡的，他将它们交给我放牧。'巴图斯：'我敢打赌，难道你夜里没有偷偷地挤牛奶？'"以及第13行："巴图斯：'可怜的畜生啊，人们才知道找来的放牛娃是个蠢材。'"

4 —— 弥康（Micon），虚构的人物，又见第七章。

5 —— 达蒙（Damon），常见的希腊人名，但未出现在忒奥克里图斯的作品中。又见第八章。

第三章

6 —— 对照忒奥克里图斯《田园诗》之五第5—6行:"什么样的排箫?西比尔塔斯的家奴几曾手持一副排箫?你应该和你的伙伴柯吕东用麦秸做的哨子表演二重奏。"

7 —— 取自山毛榉的木料俗称"青冈木",参看第一章注2。

8 —— "阿吉美顿"(Alcimedon)一名见于荷马史诗及多种希腊、罗马古典文献,但作为能工巧匠的"阿吉美顿"则未详出处(Homer, *Ilias* XVI. 197, XVII. 475; Ovid, *Metamorphoses* III. 618; Pausanias, *Periegesis Hellados* VIII. 12.2)。对照忒奥克里图斯《田园诗》之五第104—105行:"我有一口柏木桶,还有一只盛酒的大碗,相传是普拉克西泰勒斯的制品……"

9 —— 考农(Conon,约前280—约前220),又称萨摩斯的考农(Conon of Samos),希腊化时代的天文学家和数学家,曾供职于托勒密三世(Ptolemy III Euergetes)的宫廷,著有《天文学通论》(*De Astrologia*)七卷,已佚。

10 —— 关于这位匿名的人物,一说为古希腊天文学家、数学家欧多克索斯(Eudoxus of Cnidus,约前408—约前355),一说为古希腊数学家、物理学家和发明家阿基米德(Archimedes,约前287—前212)。Guy Lee认为"Archimedes"无法纳入长短短格的音步,故隐去其名（Guy Lee，1984，p.113）。

11 —— 对照忒奥克里图斯《田园诗》之一第25—30行："……我也要赠你一只大杯……口沿上缠绕着藤蔓的纹饰，藤蔓间缀满金色的果实……"及第59—60行："此酒杯依然洁净无瑕，而且我至今尚未沾唇。"

12 —— 茛苕（acanthus），学名 *Acanthus mollis* Linn.，爵床科老鼠簕属亚灌木，原产地中海地区，叶缘有锐刺状齿缺，花白色或浅紫色。作为装饰纹样的茛苕叶始见于古希腊的科林斯式柱头，后发展为西方装饰艺术中应用广泛的母题之一。

13 —— 俄耳甫斯（Orpheus），传说为荷马之前的古希腊诗人，色雷斯王埃阿格鲁斯（Œagrus）与缪斯嘉琉佩（Calliope）之子，善弹里尔琴，能感召禽兽，移动木石，后因丧妻之恸而四处流浪，最终被酒神的狂女所杀害（Virgil, *Georgica* IV. 453-527）。对俄耳甫斯的崇拜是古希腊的主要秘教之一。另，此处言及的人物均与诗歌有关：俄耳甫斯是"诗人之祖"；考农发现并命名"后发星座"（Coma Berenices），为卡利马库斯（Callimachus，约前305—约前240）的同名诗作提供了素材；欧多克索斯的天文学理论是阿拉图斯（Aratus，约前315—约前240）所著教谕诗《天象》

第三章

（*Phaenomena*）的主要依据，后者有西塞罗的拉丁语译本，维吉尔在《农事诗》中曾援用部分内容（Virgil, *Georgica* I. 351-392）。

14 —— 帕雷蒙（Palaemon），虚构的人物，借用了希腊神话中一位海神的名字（Virgil, *Aeneis* V. 823；Ovid. *Metamorphoses* IV. 542）。

15 —— 原文"Camenae"（Camena 的复数主格），本为意大利的井泉女神，安德罗尼库斯（Livius Andronicus, 约前284—前204）在《奥德赛》的拉丁语译本中以之指代缪斯女神，后遂相沿成习，贺拉斯亦称缪斯为希腊的"Camenae"（Horace, *Carmina* II.16.38, III. 4.21；id. *Epistulae* I. 19.5）。参看第一章注3。

16 —— 这种"对话体诗歌"（amoebean verses）一般由双行（couplets，如本章第60至107行）或四行的诗节（stanzas，如第七章第21至68行）组成，最早见于忒奥克里图斯的作品（*Idylls* IV, V），欧洲中世纪晚期的"论辩诗"（débat）和英国诗人斯宾塞（Edmund Spenser, 1552—1599）的《牧人月历》（*The Shepheardes Calender*, 1579）也采用了类似的形式。

17 —— 朱庇特（Iuppiter），罗马宗教的主神，相当于希腊的宙斯（Zeus）。据罗马神话，朱庇特是泰坦神萨图

（Saturnus）和奥普斯（Ops）之子，后推翻其父统治，成为世界的主宰。

18 —— 福玻斯（Phoebus），日神阿波罗（Apollo）的美称，意思是"光明"。阿波罗也是希腊神话中的文艺和预言之神。

19 —— 原文"Delia"，月神狄安娜（Diana）出生地 Delos（德罗斯）的形容词阴性形式，在诗歌中每用作狄安娜的代称，此处借指月亮。

20 —— 对照忒奥克里图斯《田园诗》之三第 10—12 行："我为你带来了十只苹果，从你要我去采的地方采来，明天我还会给你更多。"

21 —— 费里斯（Phyllis），虚构的人物，又见第七章、第十章。

22 —— 波利奥（Pollio, Gaius Asinius，前 76—4），古罗马政治家、历史学者、作家和文学活动的赞助人，公元前 40 年任执政官，曾促成屋大维与安东尼缔结"布隆迪修姆盟约"。波利奥著有悲剧和爱情诗，同时也是欣赏维吉尔诗作并对其提供帮助的官方人士之一。参看本书"导言"。

23 —— 皮尔利亚的仙女（Pierides），缪斯的雅称。按：皮尔利亚（Pieria）位于奥林匹斯山北麓，相传为缪斯的诞生地。参看第一章注3。

24 —— 豆蔻，原文"amomum"，所指不明。老普林尼在《博物志》中记载了这种植物，称其为藤本或灌木，花似香桃，叶如石榴，原产印度，在西亚也有种植（Pliny, *Naturalis Historia* XII. 28）。Fairclough 和 C. Day Lewis 均译为"spice"（香料），Guy Lee 则译为"spikenard"（甘松）。*Collins Latin Dictionary & Grammar*（Harper Collins, 2013）释义为"cardamom"，即小豆蔻，姑从之。按：小豆蔻，学名 *Elettaria cardamomum* Maton，姜科豆蔻属多年生草本植物，种子可做膳食香料。此处仅取其"芳馥"的意象，在植物学的意义上不必拘泥。

25 —— 巴维（Bavius）和梅维（Maevius）均为奥古斯都时代的诗人和批评家，生平不详，亦无著作传世，据说两人曾诋毁维吉尔和贺拉斯的作品（Horace, *Epodes* 10）。

26 —— 巢豆（ervum），一种苦味的野豌豆，学名 *Ervum ervilia* Linn.，宜做饲料（Columella, *De Re Rustica* II. 10.34）。

27 —— 对照忒奥克里图斯《田园诗》之四第15行："巴图斯：'是啊，请看这头牛犊，除了一副骨架，已经别无所有。'"

28 —— 塞尔维乌斯解释说，牲口瘦弱的原因在于"邪祟"为祸（Servius, ad loc.），而拉丁语的"fascinare"（作祟）一词主要指通过目光和言语施行巫蛊之术，参看第七章"以免明日的诗圣被恶毒的口舌所中伤"。

29 —— 肘（ulna），长度单位，一肘约合115厘米。

30 —— 关于谜题的答案，历来聚讼纷纭，至今仍无定论。D. E. W. Wormell 的解释是：一、"天穹的宽度"指天象仪的尺度。因阿基米德和波西多尼乌斯（Posidonius，约前135—约前50）所发明的太阳系仪与星象仪分别设置于罗马和德罗斯岛，故答案应为"罗马"或"德罗斯"。二、在小亚细亚的特洛亚德（Troad）。相传萨拉米斯（Salamis）国王埃阿斯（Aias）自尽于此，其血泊中生出一朵紫花，花瓣上显现 AI 的字样，被认为是 AIAS 的缩写（Wormell, 1960, pp. 29-32）。奥维德《变形记》有相关记述，可资佐证（Ovid, *Metamorphoses* XIII. 1-398）。

31 —— "放言高论"，原文"tantas...lites"，直译当作：如此（繁杂、重大）的争论，Guy Lee 英译为"these great dispute"（巨大的争议），Fairclough 英译为"so close a contest"（势均力敌的竞赛），似以前者较为切近原意。

第四章

[1]西西里的缪斯[1],让我们唱一首略显庄重[2]的歌曲!并非人人都喜爱园圃和低矮的柽柳[3],要歌唱丛林,也应该符合"执政"[4]的名分。

[4]库迈之歌[5]预言的末世如期而至,时代的大轮回又一次从头开始。室女星归还,[6]萨图[7]的王朝亦行将复兴,一代新人已经从高邈的云霄间降临。而你,圣洁的卢吉娜[8],请庇佑初生的婴儿——黑铁的部落自此灭绝,黄金的种族遍地崛起[9]——你的太阳神,已君临天下。

[11]波利奥[10],仰赖阁下的善政,世纪的荣光昭然焕显,伟大的岁月正待启程。[11]纵使我辈的劣迹尚在,但罪咎蠲销,明主啊,大地将从无边的恐骇中解脱。他将获得神圣的生命,必定会目睹神灵与英雄合而为一;他将为神灵所眷顾,统治祖考荫德成就的升平盛世。

[18]为你,孩子,未曾开垦的土地将献出头一份薄礼:常春藤、毛地黄[12]蔓衍以滋茂,埃及豆、莨苕叶[13]交杂且欢喧。自行归圈的母羊因乳汁充盈而乳房鼓胀,家畜也不再畏避魁硕的雄狮。你的摇篮将绽放姣妍妩媚的花朵。虺蛇僵死,毒草枯萎,亚述[14]的豆蔻将漫山遍野繁盛地生长。

[26] 当你能够阅读英雄的颂诗和先辈的事略,足以领悟道德之真谛的时候,田畴被柔穗渐次染黄,野棘丛中缀满赪紫的葡萄,粗壮的橡树也会流淌甘润的蜜浆。然而,昔日的余孽依旧残存,致令狂徒乘槎泛海[15],教人筑坚壁以封锁都邑,掘地为壕堑。提菲斯重生,另一艘阿尔戈巨舰[16]满载征召而来的各路豪杰,战端复启,大英雄阿喀琉斯[17]将受命再赴特洛伊[18]。

[37] 今后,待岁月的力量扶助你长大成人,贾客望洋而知返,松桧之舟亦不复运输贸易的货品。八方之土皆可化育万物。膏壤无患于耒耜,嘉实当不加钩镰,健壮的农夫将卸除耕牛肩负的犁轭。羊毛也无须用驳杂的颜料染色,牧场的羝羊自然会变易毛皮的色泽:时而为美艳的贝紫[19],时而为明丽的蕊黄[20],食刍之幼羔亦兀自披上猩红的衣裳。

[46] 遵循天命的定数,命运三女神[21]喝令她们的纺锤:"肇开运祚,汝其毋怠!"

[48] 吉时已到,你将登上荣耀的巅峰,天神的嫡裔,伟大的朱庇特[22]之骄子!看啊,大地和浩瀚的海洋、深邃的天空,世界在苍穹之下战栗且匍匐!看啊,熙熙万物,同沐恩泽,喜迎太平!

[53] 而我,唯愿漫长人生的暮年可得以延续,并有

第四章

充沛的精力赞颂圣君之鸿业。无论林努斯[23]还是色雷斯的俄耳甫斯[24]都不足与我比试歌喉,即便二人之父母亦分别在场,嘉琉佩[25]做俄耳甫斯后援,风姿俊美的阿波罗[26]为林努斯助威。假设潘神[27]参加竞赛,阿卡迪亚[28]出任裁判——纵使阿卡迪亚出任裁判,潘神亲自前来参加竞赛——也不能不甘拜下风。

[60]来吧,幼小的孩子,以笑靥与汝母相认。十月怀胎,含辛茹苦。幼小的孩子,来吧,如果不肯对双亲展露欢颜,你将不配与天神同餐,与神女共眠。

注　释

1 —— 因为牧歌—田园诗的首创者忒奥克里图斯生于西西里岛的叙拉古，维吉尔呼唤"西西里的缪斯"（Sicelides Musae，Sicelis Musa 的复数呼格），也就意味着他明确表示自己继承了忒奥克里图斯的文学遗产。另，诗人在此不取拉丁语的 Siciliensis，而代之以古希腊语的 Sicelis（Σικελίς），也可视为一种"忒奥克里图斯式"的表达（Servius, ad loc.）。参看第一章注 3。

2 —— 塞尔维乌斯云："'略'字，妙。以是章有别于牧竖之歌，又欲暗合全编风旨，故非'庄重'，而曰：'略显庄重'。"（Bene"paulo": nam licet haec ecloga discedat a bucolico carmine, tamen inserit ei aliqua apta operi, ergo non"maiora", sed"paulo maiora", Servius, ad loc.）

3 —— 柽柳（myrica），柽柳属（学名 *Tamarix* Linn.）灌木或小乔木，鳞叶，总状花序，多生于盐碱地中。

4 —— 古罗马的执政官（consul）本为国家的最高行政和军事长官，每届两人，任期一年，在共和国时期由公民大会选举产生，帝国时期改由皇帝任命，变为徒有其名的荣誉官衔。此处言及的"执政"指盖乌斯·波利奥,参看第三章注22。

5 —— 库迈(Cumae)是古希腊人在那不勒斯湾附近建立的殖民城市,相传当地有一女先知(Sibylla),尝鬻其《预言书》(*Libri Sibyllini*)与罗马国王塔奎尼乌斯(Tarquinius Superbus,前6世纪),原书在公元前83年毁于火灾,奥古斯都时代辑得佚文若干,藏于帕拉丁山的阿波罗神庙内。迄今存世的十四卷内容颇为庞杂,其中掺入了不少基督教的成分。另,因《预言书》是用古希腊语写成的六步格诗集,故有"库迈之歌"(Cumaeum carmen)的称谓(Virgil, *Aeneis* VI. 42-155)。

6 —— 正义女神阿斯特莱雅(Astraea)在"黄金时代"与人类共处,"白银时代"隐居山中,降及民风剽悍、争端不断的"青铜时代",则升天化身为室女星座(Virgo),是最后一位离开尘世的神祇(Aratus, *Phaenomena* 96-136;Virgil, *Georgica* II. 473-474)。所谓"室女星归还"(iam redit et Virgo),意即"正义"重返人间。参看注9。

7 —— 萨图(Saturnus),古代意大利人所奉神祇,本为谷神,后被尊为众神之王,地位相当于希腊的克罗努斯(Cronus)。参看第三章注17。

8 —— 卢吉娜（Lucina），天后朱诺（Iuno）的别名之一，因朱诺司掌生育之事，是将婴儿引向"光明"（lux）的女神，故有此美称（Ovid, *Fasti* II. 449-452）。

9 —— 所谓"黑铁的部落""黄金的种族"（ferrea…gens aurea），皆典出古希腊诗人赫西俄德的作品。赫西俄德（Hesiod，前8世纪）著有《劳作与时日》（*Erga kai hemerai*）和《神谱》（*Theogonia*），与荷马并称为希腊诗歌之祖。在《劳作与时日》中，他将人类历史分为"五纪"，即黄金时代、白银时代、青铜时代、英雄时代和黑铁时代。黄金时代由克罗努斯统治，人类"如神灵一般"尊严而幸福地生活，自从宙斯执掌权柄，则世风每况愈下，逮至黑铁时代，人们崇尚暴力，不守信义，罪孽深重而无处求助（Hesiod, *Erga kai hemerai* 110-200）。维吉尔在《农事诗》中述及的"朱庇特之前的时代"（ante Iovem）可与本篇参照阅读（Virgil, *Georgica* I. 125-128, II. 513-540）。

10 —— 波利奥，见第三章注22。

11 —— 公元前40年波利奥任执政官期间，屋大维与安东尼在布隆迪修姆结盟，使饱受内战之苦的罗马人民看到了和平的希望。

12 —— 原文"baccare"（baccar的夺格），一说为报春花

第四章

科植物仙客来（学名 *Cyclamen persicum* Mill.），一说为玄参科植物毛地黄（学名 *Digitalis purpurea* Linn.，Guy Lee, 1984, p. 115.）。

13 —— 茛苕，见第三章注 12。

14 —— 亚述（Assyria），西亚古国，兴起于两河流域北部地区，公元前 8 世纪建立横跨西亚和北非的大帝国，前 7 世纪覆灭。"亚述的豆蔻"（Assyrium amomum），泛指东方的香料，参看第三章注 24。

15 —— 原文"temptare Thetim ratibus"，直译应作：乘排筏冒犯忒提斯。按：忒提斯（Thetis）为海神涅柔斯（Nereus）之女，文学作品多以其名作为海洋的代称（Martial, *De Spectaculis* X. 30.11；Statius, *Silvae* IV. 6.18）。

16 —— 阿尔戈（Argo），伊俄尔科斯（Iolcus）王子伊阿宋（Iason）为赎回被其叔父篡夺的王位，率众英雄远赴黑海之滨寻求金羊毛时所乘之巨舟，以建造者阿尔古斯（Argus）的名字命名，提菲斯（Tiphys）为船上的舵手（Apollonius Rhodius, *Argonautica* I. 1-401）。

17 —— 阿喀琉斯（Achilles），荷马史诗《伊利亚特》中的英雄，弗提亚（Phthia）国王珀琉斯（Peleus）和海中仙女忒提斯之子，以骁勇善战著称，在特洛伊战争中曾杀死敌方主将赫克托耳（Hector）。参看注15、注18。

18 —— 特洛伊（Troia），又称伊利昂（Ilium），小亚细亚西北部古代城邦，因荷马史诗所述希腊联军与特洛伊人之间的战事而闻名于世。19世纪以来，考古学家在这一地区先后发现了青铜时代至罗马时代的九座古城遗迹，为揭开久远传说的历史真相提供了重要依据。参看第二章注26。

19 —— 原文"rubenti murice"（rubens murex 的夺格），即红色骨螺（学名 *Muricidae*），此谓由其鳃下腺中提取的紫红染料之色泽。因此类名贵的天然染料最初为腓尼基人所开发，故取位于地中海东岸的腓尼基城邦推罗（Tyros）之名名之为"推罗紫"（Tyrius rubor，一译泰尔紫），国内学界近亦习称"贝紫"（Virgil, *Georgica* III. 306-307；id. *Aeneis* IV. 262）。

20 —— 原文"croceo...luto"（croceum lutum 的夺格），直译当作：番红花的黄色。按：番红花，学名 *Crocus sativus* Linn.，鸢尾科多年生草本植物，原产西亚和南欧，其雌蕊群所含黄色色素可入膳，亦用为染料（Virgil, *Georgica* I. 56, 447, IV. 109）。

21 —— 在罗马神话中，命运女神（Parcae）为三名老妪，分别纺绩、度量、割断生命之线，以决定诸神和人类的

第四章

命运（Catullus, *Carmina* LXIV. 305-386）。

22 —— 朱庇特，见第三章注 17。

23 —— 林努斯（Linus），传说中的底比斯诗人，阿波罗与一凡间公主所生的儿子，或谓其为大力神赫拉克勒斯（Hercules）的师傅，被后者用里尔琴所伤而死（Apollodorus, *Bibliotheke* II. 63）。在希腊的古歌中，有副歌"ailinon"，意思是"呜呼，林努斯"（Homer, *Illyas* XVIII. 570-572）。

24 —— 色雷斯（Thraca），历史地区，位于巴尔干半岛东南部，东濒黑海，西与马其顿毗邻，传说为俄耳甫斯的故乡，也是其惨遭杀害的丧生之地（Virgil, *Georgica* IV. 520-527）。俄耳甫斯，见第三章注 13。

25 —— 嘉琉佩（Calliope），缪斯之一，司史诗，据说为俄耳甫斯之母（Propertius, *Elegiae* I. 2.28; Ovid, *Fasti* V. 80; Hyginus, *Fabulae* XIV.）。参看第一章注 3、第三章注 13。

26 —— 阿波罗，见第三章注 18。

27 —— 潘神，见第二章注 16。

28 —— 阿卡迪亚（Arcadia），希腊伯罗奔尼撒半岛中部地区，境内多山，因封闭的地理环境而形成独特的人文景观。居民自称希腊最古老的部族，其方言属希腊语阿卡多—塞浦路斯（Arcado-Cypriot）分支，与古代迈锡尼人（Mycenaean）的关系极为密切。该地区保存了大量神话故事和古老的信仰习俗，被视为远离尘寰的人间乐土（Herodotus. *Historiai* I. 66. 2）。在维吉尔的作品中，阿卡迪亚并非固定的地理概念，而是充满诗情画意的"无何有之乡"。

第五章

麦纳尔喀斯：

［1］你我二人各有所长，莫普苏斯[1]，君善吹笛，我能吟诗，今日邂逅相遇，榛曲榆荫，何妨小坐片时？

莫普苏斯：

［4］长者之言，敢不从命。凉飔清樾，可以依随；岩穴石室，可以栖迟；绵绵葛藟[2]，为幔为帷。

麦纳尔喀斯：

［8］在此山中，唯有阿缪塔斯，或可与君匹敌。

莫普苏斯：

［9］莫非其歌喉足以与福玻斯[3]争胜？

麦纳尔喀斯：

［10］莫普苏斯，请先为我歌一曲，无论"费里斯的恋歌""阿尔孔的颂诗"，抑或"考德鲁的辩论"，[4]开口唱吧，迪蒂卢斯会照管牧场的羊群。[5]

莫普苏斯：

［13］不然。我有新词，日前抄录于青色的山毛榉树皮之上，[6]并逐字逐句，标记音调，待我试唱之后，请邀约阿缪塔斯前来比试切磋。

麦纳尔喀斯：

［16］萧疏的杨柳不堪与嫩绿的橄榄媲美，荏弱的缬草[7]岂能与殷红的玫瑰争艳，依我之见，阿缪塔斯自然略逊一筹。闲话少叙，转眼已来到岩洞之前。

莫普苏斯：

［20］因为达夫尼斯[8]惨遭戕害，仙女们悲伤哭泣（榛莽和河川可以为证），他的母亲怀抱爱子可怜的遗体，厉声呵责神灵和星宿的冷酷无情。此后多日，达夫尼斯，无人驱赶牛群到清凉的河边，四足的畜生不复饮水，不肯食草。荒山和密林传言，达夫尼斯，连非洲的雄狮也为你的亡故而呜呜呻吟。[9]达夫尼斯，是你教人以亚美尼亚[10]的猛虎驾车，在酒神之舞中领舞，[11]并且用柔嫩的绿叶包裹刚硬的戈矛。如同藤蔓之于枝柯，[12]葡萄之于藤蔓，牡牛之于畜群，禾稼之于良田，你是你的全体族人的荣耀。如今命运既已将你召回，帕勒斯[13]和阿波罗也离开了我们的田野。我们照旧在犁沟间播种茁壮的大麦，长出的竟是象兆凶年的稗秕和秀而不实的野稷。蕙兰摇落，水仙凋零，萧艾滋茂，荆棘丛生。向大地抛撒花瓣[14]，借浓荫遮蔽清泉，牧人啊，遵从达夫尼斯的遗命，请造一座墓茔，在碑石上镌刻如下铭文："吾乃山林中之达夫尼斯，声名远播，闻于霄汉。身为美丽羊群的守护者，我本人更为俊

第五章

美矫健。"

麦纳尔喀斯：

[45] 在我听来，神圣的歌者，你的吟唱如同困倦时藉草成眠的一晌酣睡，又似炎暑中畅饮涌溢的甘泉而消解焦渴。笛音固曼妙，歌喉亦婉转，应与尊师并驾齐驱。天赋异禀的少年啊，君有大才直追前人，但我仍当和歌以继。我要歌颂达夫尼斯，使之高居星霄——我欲使之高居星霄，因为达夫尼斯对我们也关爱有加。

莫普苏斯：

[53] 辱承和章，欣幸何似。一则此子理当褒扬，何况斯提米孔[15]也曾将大作称叹。

麦纳尔喀斯：

[56] 光赫旳兮，感精魂兮，达夫尼斯，升陟天阊。眼底繁星闪耀，足下流云逐奔。林莽田畴、山神牧夫，偕同德吕亚众仙[16]，躬逢盛事，万众腾欢。豺狼遁迹，羔羊无忧；罘罝不设，麋鹿优游，皆因达夫尼斯宅心仁厚，酷爱自由。郁郁冈峦，瞻望星空纵声高歌；青青园圃，礼赞圣哲遥相应和："此乃真神，麦纳尔喀斯，此乃真神！"垂佑乡曲，福祚斯民。是处有祭坛四座，两座为达夫尼斯所专享，两座供奉日神福玻斯。琼酪膏油，岁时祭祀为君陈设；醇醪甘醴，节庆飨宴令人欣悦。[17]收获之季有绿荫，

寒冬之日有炉火。我将从大尊中倾倒阿琉西亚[18]新酿的葡萄美酒，达摩埃塔和吕克提[19]的埃贡为我而歌唱，阿尔菲希波[20]将戏仿萨蒂尔[21]起舞婆娑。无论我们向仙女庄严宣誓，还是清理田土，祓除秽恶，[22]你必歆享隆重的祭祀。一如游鱼眷爱溪流，野猪喜居冈阜，又似蜂蝶采食花蜜，蜩蝉啜饮朝露，你的勋绩、英名和美誉将千秋永驻。年复一年，农夫们将为你立誓，就像对巴库斯[23]和刻勒斯[24]发愿一般；而你，也要求他们履行诺言。

莫普苏斯：

［81］感君作歌相酬，愧我无以为报。此曲美妙动人，胜似飒然而至的南风之长啸[25]、惊涛拍岸的轰鸣、溪涧从石罅间飞落的泠泠清音。[26]

麦纳尔喀斯：

［85］我先奉赠一管短笛[27]。笛声曾教我"柯吕东热恋俊俏的阿列克西斯"以及"羊群属于何人？梅利博欧斯？"[28]

莫普苏斯：

［88］这根牧杖，请君笑纳。安提根尼[29]未能得到此物，虽然他一再向我索取，那时他也着实讨人欢心。这是一根精美的牧杖，麦纳尔喀斯，有均匀的分节和青铜的杖头。[30]

注 释

1 —— 莫普苏斯（Mopsus），虚构的人物，借用了希腊神话中一位预言家的名字（Hesiod, *Aspis Herakleous* 181；Apollonius Rhodius, *Argonautica* I. 65-66, III. 916-926）。又见第八章。

2 —— 原文"labrusca"，指一种野生的葡萄，应类似《诗》所谓"葛藟"（见《王风·葛藟》《周南·樛木》）。现代植物分类仍有"葛藟"之名，学名 *Vitis flexuosa* Thunb.，葡萄科葡萄属藤本植物，多见于山地林缘或灌丛内，果簇生，味酸不能生食。

3 —— 福玻斯，见第三章注 18。

4 —— F. Jones 认为这三首歌曲可设想为"乡土文学领域'前文学式'的文类划分"（"preliterary" generic categorisation of literary field of bucolic natives），即情歌、颂歌和谴谪之词，也可以认为它们大致对应于哀歌、史诗和讽刺诗（Jones, 2013, p. 98, p.112）。

5 —— 对照忒奥克里图斯《田园诗》之一第 11—13 行："此地柽柳丛生，山坡逶迤……请来此小坐并吹奏牧笛，我会放牧你的羊群。"

6 —— 参看第一章注 2。

7 —— 原文"saliunca",一说为甘松(学名 *Valeriana Celtica* Linn.),一说为缬草(学名 *Valeriana officinalis* Linn.),也有学者认为所指不明(Guy Lee,1984,p.116)。

8 —— 达夫尼斯,见第二章注 15。

9 —— 对照忒奥克里图斯《田园诗》之一第 71—72 行:"豺为其死而哀号,狼为其殁而狂嗥,林间的雄狮也因他的离去而悲叹。"

10 —— 亚美尼亚(Armenia),西亚古国,疆域一度包括今高加索地区和土耳其东部,历史上曾被罗马和帕提亚瓜分。

11 —— 据塞尔维乌斯的注释,此句的意思是说朱利乌斯·恺撒将酒神的祭仪引进了罗马(Servius, ad loc.)。

12 —— 参看第二章注 29。

13 —— 帕勒斯(Pales),古罗马的畜牧之神,在瓦罗的著作中为男性,在维吉尔和奥维德的诗歌中为女性。祭祀帕勒斯的典礼称 Parilia,于每年 4 月 21 日,即传统的"罗马建城日"(natalis urbis)举行,但奥维德认为该庆典的起源远比罗马城的历史古老(Varro, *Rerum Rusticarum de Agri Cultura* II. 1;Virgil, *Georgica* III. 1, 294;Ovid, *Fasti* IV. 721-862)。

14 —— "花瓣",原文"foliis"(folium 的复数夺格),兼有"树叶""花瓣"二义,参照第九章"谁能给大地撒满缤纷的繁英"(quis humum florentibus herbis spargeret)之句,故译为"花瓣"。

15 —— 塞尔维乌斯认为"斯提米孔"(Stimichon)暗指屋大维的宠臣麦凯纳斯(Servius, ad loc.)。参看本书"导言"。

16 —— 德吕亚众仙(Dryades),希腊神话中的树仙,参看第二章注21。

17 —— 此句原文为"pocula bina novo spumantia lacte quotannis/craterasque duo statuam tibi pinguis olivi,/et multo in primis hilarans convivia Baccho",直译应作:每年我将为你献上双杯泡沫四溢的鲜奶,还有两碗醇浓的橄榄油,尤其要以大量美酒为宴会增添欢乐。

18 —— 阿琉西亚(Ariusia),希俄斯岛(Chios)北部滨海地区,以出产优质的葡萄酒而闻名(Pliny, *Naturalis Historia* XIV. 73)。

19 —— 塞尔维乌斯云:吕克提(Lyctius)"谓克里特,如'吕克提之伊多墨纽斯'"(Cretensis, ut "Lyctius Idomeneus", Servius, ad loc.)。译者按:"吕克提之伊多墨纽斯"见维吉尔《埃涅阿斯纪》卷三,伊多墨纽斯为克里特王(Virgil, *Aeneis* III. 401)。

20 —— 阿尔菲希波（Alphesiboeus），虚构的人物，又见第八章。

21 —— 萨蒂尔（Satyrus, *pl.* Satyri），希腊神话中半人半兽的山林神，酒神狄奥尼索斯（Dionysus）的一群随从，生性淫荡好色，尤喜聚众狂欢。在古代雅典的"萨蒂尔剧"（satyr-plays）中，合唱队员要佩戴马耳、马尾，装扮为萨蒂尔的形象。

22 —— 与中国的"祓禊"之礼相似，古罗马也有通过宗教仪式驱邪祛秽的习俗，其对象包括城镇、农田、房屋、军营、儿童以及生活用品等，所谓"清理田土，祓除秽恶"（lustrabimus agros），即在田边巡行祝祷，以清除其间隐伏的不祥之物（Cato, *De Agri Cultura* 141; Virgil, *Georgica* I. 338-350）。

23 —— 巴库斯（Bacchus），酒神狄奥尼索斯的别名，通用于拉丁语文献。据希腊神话，酒神是大神宙斯与底比斯公主塞墨勒（Semele）的儿子，他不仅授民以酿酒之法，亦兼司果蔬种植，并在人间广施欢乐。正是从酒神祭的歌舞中孕育出了古希腊戏剧的雏形，因而酒神也被奉为戏剧和诗歌的保护神（Virgil, *Georgica* II. 380-396）。

24 —— 刻勒斯（Ceres），古代意大利人所崇奉的女神，本为广大自然力的代表,后被尊为农神和谷神,对应于希腊的德墨忒尔(Demeter)。在每年5月29日举行的"巡田"(Ambarvalia)仪式上,农夫们要具备"三牲"(suovetaurilia)为其献礼。参看注22。

25 —— Guy Lee 强调:原文"sibilus"的意思是"whistle"(呼啸),而非"whisper"(低语)(Guy Lee,1984,p.117)。参看第二章注25,对照第九章第56行以下:"絮语的微风也已停息"(ventosi ceciderunt murmuris aurae)。

26 —— 对照忒奥克里图斯《田园诗》之一第7—8行:"牧人啊,你的歌如此美妙,胜似从高岩上飞落的泉水。"

27 —— "短笛",原文"fragili...cicuta"(fragilis cicuta 的夺格),直译应作"脆弱易断的笛子",当是"麦纳尔喀斯"的自谦之辞。

28 —— 引文分别出自《牧歌》第二章和第三章。通过"自我指涉"(self-referentiality),诗人似乎有意暗示"麦纳尔喀斯"是他本人的"假面"或"alter ego"(另一自我)。

29 —— 安提根尼(Antigenes),虚构的人物,忒奥克里图斯在《田园诗》中称其"出身名门"(*Idylls* VII)。

30 —— 赫西俄德说缪斯曾赠送他"桂杖"并赋予他"神圣的声音",令他歌唱未来和过去的事物并赞美永生的神灵（Hesiod, *Theogonia*, 29-35）。如果"牧人"隐喻"诗人"，那么"牧杖"就是诗人的"权杖"，即其神圣职司的象征。对照忒奥克里图斯《田园诗》之七第128—129行："他依旧粲然一笑，赠我一根牧杖，作为诗友之谊的凭证。"以及《田园诗》之六第41—42行："达摩埃塔一吻达夫尼斯，结束歌唱，他送给后者一副排箫，接受了对方回赠的一支牧笛。"参看第四章注9。

第六章

[1] 原本，我们的塔莉亚[1]认为叙拉古诗体[2]颇堪赏玩，并且不以隐遁山林为耻。因为我亟欲讴歌王业与武功，钦图斯之神[3]乃耳提面命："迪蒂卢斯[4]，牧人要把羊儿养得膘肥体壮，但吟诗则讲究简洁精练。"[5]既然众人竞相为阁下大唱赞歌并热衷于讲述惨烈的战事，瓦鲁斯[6]，我将用纤细的芦笛试奏乡野的谣曲。虽说我也是奉命而作，但若有人肯阅读并珍爱这首小诗，瓦鲁斯，故乡的柽柳，还有遍地的林莽都将为你而欢唱。没有一页诗稿会令福玻斯[7]倍感欣喜，除非开篇题有瓦鲁斯的名字。

[13] 莫延误，皮尔利亚的仙女们[8]！年轻的克罗弥斯和穆纳希罗[9]偶见西伦努斯[10]醉卧山洞之内，一如平昔，血脉偾张，宿醒未醒。头顶的花环早已滑落远处，笨重的酒杯靠磨损的把柄悬挂一旁。只因这位长者曾允诺为两人唱曲而又一再食言，他们便摸将过去，用花环做镣铐，将他牢牢捆绑。艾格勒[11]，纳伊斯众仙[12]的佼佼者，也来为提心吊胆的男孩助阵，老头刚刚睁眼，就给他的前额和两鬓涂满血色的桑葚汁液。遭此戏弄，令他失笑，反问："为何给我加上镣铐？快快松绑，孩子们，你们的本事我已领教。听着，有你们想听的歌曲，都唱给你们，对她则另有

奖赏。"说着他就开始吟唱,只见山神与野兽皆应节起舞,僵立的橡树也摇头晃脑。福玻斯不曾使帕纳索斯[13]的顽石这般欢悦,俄耳甫斯[14]也未能如此感动罗多彼和伊斯马鲁[15]的巍巍群峰。

[31] 他歌唱土、气、水和流动之火的原素如何在广大的虚空中凝聚汇合,[16] 鸿蒙初辟,天地肇分,地壳开始变得坚硬并将海神幽禁于深渊,世间万物,渐次成形;大地惊异于初日的辉煌;祥云浮空,甘霖霈降,前所未有的草木破土萌生,三三两两的禽兽在陌生的山野间逡巡出没。

[41] 继而,他追述了皮拉夫妇抛掷石块、[17] 萨图[18]的王朝,以及高加索的鸷鸟和普罗米修斯盗天火的故事。[19] 在此,他又插入了许拉斯的传说——他在泉边走失后,船员们呼唤:"许拉斯,许拉斯[20]!"直至海岸发出无边的回响。他还安慰帕西费伊:如果世间没有四足的畜生,她本该幸福快乐,可惜她偏偏爱上了那头雪白的公牛。[21] 啊,不幸的姑娘,你真是鬼迷心窍!普罗埃图的女儿们令田间充斥虚假的牛鸣,但毕竟无一人与畜生行淫秽之事;她们只是惧怕脖颈上多了一具犁轭,并且随时查验光光的头顶有没有长出两只犄角。[22] 啊,不幸的姑娘,如今你流落荒山,它则将雪白的身躯横卧在娇软的花丛之中,时而在幽

第六章

暗的冬青下咀嚼嫩草,时而追逐大群牲畜里的母牛。"仙女啊,迪克特[23]的仙女们,请封闭林间的空地。或许,那公牛逃窜的踪迹,会偶然闯入我们的视线。它必定眷恋青青的草场,或者跟随畜群,被母牛带进戈尔廷[24]的栏圈。"

[61]然后,他歌唱为赫斯佩里的苹果所迷惑的少女;[25]还有法厄同的姊妹,被苔迹斑斑的苦树皮严严包裹,变化为拔地而起、高大修挺的赤杨。[26]他歌唱伽鲁斯[27],在珀麦苏斯河[28]畔游荡,一位神女[29]带领他登上阿奥尼的圣山[30],福玻斯的歌队全体起立向此人致敬。还有牧人林努斯[31],那神圣的歌者,鬓发上缀满鲜花和簇簇苦芹,也朗声言道:"缪斯[32]赐汝一管芦笛,速来领取。她们曾以此馈赠年迈的阿斯科拉人[33],于是他便高奏笛曲,屡屡将僵立的花楸招引至山下。你可用此笛讲述格里尼圣林的起源[34],世间别无一片林地令阿波罗更为自豪。"

[74]我为何要叙及尼苏斯的女儿斯库拉[35]?恶名昭彰,世人皆知:白皙的腰腹间缠绕着嗷嗷嗥叫的妖怪,她疯狂攻击杜里吉[36]的航船,在深深的漩涡中,啊,放海犬噬咬惊恐的船员。再者,他如何讲述忒留斯变易其形体,费罗梅拉为他准备了何种肴馔、何种礼物?这可怜的女子又取道何方投身荒漠,此前又怎得展翅盘旋在自家的屋顶之上?[37]

[82]这都是福玻斯昔日所咏唱的歌谣,幸运的欧罗塔斯河[38]曾仔细聆听并教岸边的月桂树默记心间。如今西伦努斯又纵情高歌,空谷回音,上达霄汉,直至黄昏星[39]发出驱赶羊群归圈并清点数目的号令,同时茕茕地升上了满面愁容的夜空。

注 释

1 —— 塔莉亚（Thalea），司喜剧和田园诗的缪斯（Horace, *Carmina* IV. 6. 25；Ovid, *Ars Amatoria* I. 264）。参看第一章注 3。

2 —— 叙拉古诗体（versus Syracosius），指古希腊诗人忒奥克里图斯首创的牧歌—田园诗，参看第四章注 1。按：叙拉古（Syracusae）是西西里岛的主要城市，由来自科林斯的希腊移民于公元前 8 世纪创建。

3 —— 钦图斯之神（Cynthius），即阿波罗。相传阿波罗及其胞姊阿耳忒弥斯（Artemis）出生于德罗斯岛的钦图斯山（Cynthus，今名 Montecinto），故有此称（Callimachus, *Hymn* IV. 10；Propertius, *Elegiae* II. 34. 80；Horace, *Carmina* I. 21. 2）。参看第三章注 18。

4 —— 在这段第一人称的陈述中，"迪蒂卢斯"（Tityrus）显然是维吉尔的"牧歌式名字"（bucolic name），因此有理由认为第一章中的同名角色亦暗指作者本人（Guy Lee，1984，p.118）。参看第一章注 1。

5 —— 维吉尔化用了卡里马库斯的诗句："我刚把书案置于膝头，吕吉亚的阿波罗就对我说：'诗人啊，献纳的牺牲要尽量养得膘肥体壮,至于诗歌,好朋友,则应该精致纤巧。'"(Callimachus, *Aitia*, Fragment I. 21-24)。

6 —— 瓦鲁斯(Varus, Publius Alfenus,生卒年不详),古罗马法学家,维吉尔的友人,公元前39年曾任代理执政官。又见第九章。

7 —— 福玻斯,见第三章注18。

8 —— 皮尔利亚的仙女,见第三章注23。

9 —— F. Jones 称"克罗弥斯"(Chromis)源于忒奥克里图斯《田园诗》(*Idylls* I.23),"穆纳希罗"(Mnasyllos)出自荷马《伊利亚特》(*Ilias* II. 858),认为维吉尔采用两个来源不同的人名,是为了淡化文体之间的界限并表明本篇题材的"史诗系"(epic-affiliated)性质(Jones, 2013, p.100)。本书初版曾引述其观点。今查"克罗弥斯"之名既见于忒氏之作,亦见于荷马史诗,而"穆纳希罗"则未详出处,姑存疑。

10 —— 西伦努斯(Silenus),希腊神话中的山林之神,在公元前6世纪的陶瓶上被描绘为生着马耳、马腿和马尾的老人形象。西伦努斯与萨蒂尔同属半人半兽的神话人物,但萨蒂尔年轻力壮,西伦努斯则年迈而睿智(Horace, *Ars Poetica* 239;Ovid, *Fasti* I. 397-400)。塞尔维乌斯认为本篇中的"西伦努斯"影射维

第六章

吉尔的老师希罗（Siro, Servius, ad loc.）；当代学者或以为"西伦努斯"暗指羁留罗马的希腊诗人帕忒尼乌斯（Parthenius），据说维吉尔曾从其学习希腊语（Harrison, 2007, pp.47-48）。

11 —— 艾格勒（Aegle），川泽仙女之一，传说为宙斯和内艾拉之女。参看第二章注21、第三章注2。

12 —— 纳伊斯众仙，见第二章注21。

13 —— 帕纳索斯（Parnassus），希腊中部山岳，在德尔菲（Delphi）附近，山中建有阿波罗神庙，为阿波罗与缪斯女神的圣地之一（Virgil, *Georgica* III. 291-293；Ovid, *Metamorphoses* I. 317）。

14 —— 俄耳甫斯，见第三章注13。

15 —— 罗多彼（Rhodope），巴尔干山脉的组成部分，位于今保加利亚西南部，绵亘二百余公里（Virgil, *Georgica* I. 332, III. 351, IV. 461；Pliny, *Naturalis Historia* IV. 3）。伊斯马鲁（Ismarus），色雷斯南部滨海地区山岭（Virgil, *Georgica* II. 37）。

16 —— 作者对物质世界起源的认识受卢克莱修的影响，尤其是"虚空"（inanis）和"原素"（semen）的概念，无疑源自卢氏的《物性论》（Lucretius, *De Rerum Natura* I. 146-634）。

17 —— 在宙斯发大洪水灭绝青铜时代的人类之后，仅丢卡利翁（Deucalion）及其妻皮拉（Pyrrha）得以幸存。两人奉神谕将"母亲"（大地）之"骨"（石块）抛掷身后，由此诞生了新的人类（Virgil, *Georgica* I. 61-63；Horace, *Carmina* I. 2. 6；Ovid, *Metamorphoses* I. 313-415）。

18 —— 萨图，见第四章注 7。

19 —— 普罗米修斯（Prometheus）是希腊神话中泰坦族（Titan）的英雄，他从天上为人类盗得火种，因此受到宙斯惩罚，被缚于高加索山顶，肝脏为鸷鸟所啄食（Hesiod, *Theogonia* 521-525）。

20 —— 许拉斯（Hylas），阿尔戈英雄传说中的美少年，在为同伴取水时被川泽仙女劫持而失踪（Apollonius Rhodius, *Argonautica* I. 1207-1355；Theocritus, *Idylls* XIII；Propertius, *Elegiae* I. 20. 6；Ovid, *Ars Amatoria* II. 110）。参看第四章注 16。

21 —— 因克里特王米诺斯（Minos）未能如约向海神波塞冬（Poseidon）奉献牺牲，海神令王后帕西费伊（Pasiphae）爱上他所赐的公牛，生下牛首人身的怪物米诺陶（Minotaurus）（Apollodorus, *Bibliotheke* III. 1. 2-4；Hyginus, *Fabulae* XL）。

第六章

22 —— 梯林斯王普洛埃图（Proetus）的女儿们因冒渎天后赫拉而受到惩罚，以致精神错乱，认为自己变成了牛（Apollodorus, *Bibliotheke* II. 2.1-2）。

23 —— 迪克特（Dicte），克里特岛东部山脉，相传大神宙斯诞生于山间的洞穴之中，由仙女抚养长大（Callimachus, *Hymn* 1; Virgil, *Georgica* II. 536, IV. 149-152）。

24 —— 戈尔廷（Gortyna），克里特岛古城，位于该岛南部海滨，在荷马史诗中已有记述，罗马帝国时代曾为克里特-昔兰尼加（Creta et Cyrenaica）行省首府（Homer, *Ilias* II. 645-652; id. *Odysseia* III. 291-294）。

25 —— 女猎手阿塔兰塔（Atalanta）强令求婚者同她赛跑，胜者招为夫婿，败者当即处死。希波墨涅（Hippomenes）得爱神维纳斯帮助，在比赛中途分次丢下三只金苹果，奔走如飞的阿塔兰塔因拾取苹果而落后，最终与希波墨涅结为夫妇（Ovid, *Metamorphoses* X. 560-680）。赫斯佩里（Hesperides），希腊神话中"夜"（Nyx）与"冥"（Erebus）的女儿们，居于大洋之外的极西之地，以看守金苹果树为其职司（Ovid, *Metamorphoses* XI. 114）。

26 —— 日神赫利俄斯（Helios，一说为阿波罗）之子法厄同（Phaethon）因私自驾驭日车被宙斯用雷电殛死，他的姊妹为之昼夜哭泣，最终变身为杨树，她们的泪水则凝结为晶莹的琥珀（Ovid, *Metamorphoses* II.1-366）。

27 —— 伽鲁斯（Gallus, Gaius Cornelius, 约前69—前26），古罗马将军、著名诗人，维吉尔的知交。早年起身行伍，内战期间支持屋大维，公元前30年出任埃及总督，后遭屋大维疑忌而被迫自杀（Suetonius, *Divus Augustus* LXVI. 2；Dio Cassius, *Historia Romana* LIII. 23.5ff.）。伽鲁斯著有四卷本诗集《恋歌》（*Amores*），仅存残篇。本书第十章是维吉尔献给他这位诗友的作品。

28 —— 珀麦苏斯河（Permessus），希腊中部河流，发源于维奥蒂亚的赫利孔山（Helicon），汇入科佩克湖（Copaic Lake）。

29 —— 原文"una sororum"，直译即"姊妹之一"，指九名缪斯中的一位（Servius, ad loc.）。参看第一章注3。

30 —— 阿奥尼人（Aones）为维奥蒂亚地区的原住民，因此古典作家每以"阿奥尼"（Aonia）指代维奥蒂亚。"阿奥尼的圣山"，即赫利孔山，传说为缪斯女神钟爱的居所（Hesiod, *Theogonia*, 1-9）。参看注28。

31 —— 林努斯，见第四章注23。

第六章

32 —— 缪斯,见第一章注 3。

33 —— 阿斯科拉人(Ascraeus),指古希腊诗人赫西俄德,其故乡阿斯科拉(Ascra)位于赫利孔山麓,诗人自述在牧羊时曾遇见缪斯女神(Hesiod, *Theogonia* 1-104)。参看第四章注 9。

34 —— 据塞尔维乌斯的注释,"格里尼圣林的起源"(Grynei nemoris origo)为伽鲁斯以拉丁语译述古希腊诗人尤弗里翁(Euphorion, 约前 275—约前 220)之作而写成的一篇诗歌(Servius, ad loc.)。格里尼(Grynia)是阿波罗的圣地,在小亚细亚的爱奥利斯(Aeolis)。参看注 27。

35 —— 在希腊神话中,名"斯库拉"(Scylla)者实有二人:一为《奥德赛》中述及的女妖,有六首,十二足,曾袭扰奥德修斯(Odysseus)的航船并吞噬多名船员(Homer, *Odysseia* XII. 85-100, 234-259);另一人为墨加拉国王尼苏斯(Nisus)之女,因助敌军攻破其父城防,溺亡后变化为海鸟(Virgil, *Georgica* I. 404-409;Ovid, *Metamorphoses* VIII.1-151;pseud-Virgilian epyllion *Ciris*)。虽然罗马作家往往将二者混为一谈,但从下文看,此"斯库拉"当为前者,并非"尼苏斯的女儿"。

36 —— 杜里吉（Dulichium），荷马史诗《奥德赛》主人公奥德修斯所统治的伊塔卡（Ithaca）群岛中的一座小岛，借指奥德修斯（Homer, *Odysseia* I. 245-246）。

37 —— 色雷斯王忒留斯（Tereus）强奸妻妹费罗梅拉（Philomela），割其舌，并囚之于密室。忒留斯之妻普罗克涅（Procne）知情后亟欲复仇，遂杀亲生之子以绝夫家后嗣，又诱使忒留斯啖食其子之肉，费罗梅拉则将亡儿的首级呈献给忒留斯。后者拔剑欲斩二姊妹，却变为一只戴胜，费罗梅拉与普罗克涅亦化身为飞鸟（Ovid, *Metamorphoses* VI. 424-674）。

38 —— 欧罗塔斯河（Eurotas），希腊伯罗奔尼撒半岛的主要河流之一，发源于阿卡迪亚和拉科尼亚边境地区，南流经帕尔农（Parnon）和泰格图斯（Taygetus）两山之间的峡谷，汇入拉科尼亚湾。据希腊神话，阿波罗与他所宠爱的美少年雅辛托斯（Hyacinthos）在欧罗塔斯河畔比赛掷铁饼，无意中致后者受伤而死。日神为之痛悔不已，并歌以志哀（Ovid, *Metamorphoses* X. 162-219）。

39 —— 黄昏星（Vesper），指太阳系八大行星之一的金星（Venus）。金星晨昏二度出现于天空，中国古称"启明""长庚"，拉丁语分别名之为"Lucifer"和

第六章

"Vesper"（一作 Hesperus），前者由 lux 和 fer 构成，意为"光明的承载者"，后者源于古希腊语的 esperos（ἕσπερος），本义"傍晚"。

第七章

梅利博欧斯：

[1] 达夫尼斯刚刚坐在飒飒作响的冬青树下，柯吕东和迪尔西[1]就赶着羊群会合一处。[2]迪尔西饲养的是绵羊，柯吕东照管的是产奶的山羊。两人风华正茂，都是阿卡迪亚[3]的青年。说起吟诗唱曲，二者可谓旗鼓相当，此番更是有备而来，要一唱一和，分出高低。在此，我正待为香桃的幼苗遮挡风寒，那头公羊，羊群的头羊，却不知去向。我抬眼望见达夫尼斯，达夫尼斯也看到了我。"快来，"他叫道，"梅利博欧斯，你的山羊和羊羔都安然无恙，若能忙里偷闲，不妨来此纳凉。你的牛犊自己会走过草场去饮水。敏吉河[4]畔，蒲芦绕堤，青碧如带，神圣的橡树间回响着蜂群的喧哗"。这可教我如何是好？我又没有费里斯或阿尔吉贝[5]替我将断奶的羊羔关在家里，但柯吕东和迪尔西赛歌堪称盛事，比起他们的表演，我的营生只能置于次位。于是两人开始轮番对唱，因为缪斯女神喜欢记诵对唱的歌词[6]。依照次序，柯吕东唱完上句，迪尔西再唱下句。

柯吕东：

[21] 利贝特拉的仙女[7]啊，我之所爱，请允许我放歌高吟，一如考德鲁[8]得诸位恩宠，故诗才与日神差可比肩；

如果愿望落空，我宁肯将音调美妙的排箫悬挂在神圣的松树枝头。[9]

迪尔西：

[25] 牧人们，阿卡迪亚的乡亲，用常春藤装扮崭露头角的诗坛新秀，让考德鲁因嫉妒而气破肚皮；假定他夸大其词将我恭维，请在我的额头缠绕毛地黄的叶蔓，以免明日的诗圣为恶毒的口舌所中伤。[10]

柯吕东：

[29] 德利雅[11]女神啊，小弥康[12]为您献上鬃毛鬣鬣的野猪首，以及长寿之鹿的多枝大角。如果好事接二连三，女神的造像将亭亭玉立，用光洁的云石雕成，足蹬绛紫的长靴。

迪尔西：

[33] 一罐牛奶、少许麦饼，普利阿普斯[13]，是您老人家每年可望得到的供品，因为您所守护的园圃已极其贫瘠。今日权且给您造一尊云石的雕像，倘若幼羔的出生能壮大羊群，届时定为您再塑金身。

柯吕东：

[37] 伽拉忒娅，涅柔斯的娇女[14]，比绪勃刺的麝香草[15]更芬芳，比天鹅更白净[16]，比皎洁的藤花更美妍。[17]当牛群从牧场返回圈舍，若蒙眷爱，就请降临凡间。

第七章

迪尔西：

　　［41］也罢，你尽可说我比撒丁岛的毒草[18]还苦涩，比屠夫的扫帚还粗鄙，比漂流滩头的海藻还轻贱，如果我并不觉得度日如年。回家吧，牧场的牛群，既已蒙羞，回家吧。

柯吕东：

　　［45］莓苔丛生的泉眼，温柔如梦乡的草甸，还有在你身上洒下离离疏影的青碧的杨梅，请为羊群驱除燠热的暑气。炎炎夏日来临，嫩绿枝头蓓蕾已经膨胀。

迪尔西：

　　［49］这里有炉灶和脂香四溢的柴薪，有燃烧不熄的熊熊旺火，连门框都被积年的烟炱染得乌黑。在此，不必介意北风的寒气，就像饿狼不计羔羊的数目，汹涌的激流不惜堤岸一般。

柯吕东：

　　［53］此地有杜松和毛茸茸的板栗，每棵树下都落满果实。如今万物尽情欢笑，可是，倘若俊俏的阿列克西斯离开山间，你将看到，连溪流也会涸竭。

迪尔西：

　　［57］田地干旱，草木枯萎，在污浊的空气中奄奄待毙，利贝尔[19]也不肯给山丘覆盖一片葡萄秧的绿荫。然

而，我们的费里斯一旦莅临，山林必再度返青，苍天将普降甘霖。

柯吕东：

［61］阿尔吉最爱白杨[20]，伊阿库[21]最爱葡萄，维纳斯最爱香桃[22]，福玻斯最爱月桂[23]。费里斯的宝贝是榛子[24]，只要费里斯喜欢，香桃和月桂，都不足与榛子媲美。

迪尔西：

［65］林间梣树[25]独秀，园内松枝常青，河边白杨耸立，山头冷杉[26]苍翠。然而，英俊的吕吉达斯[27]，如蒙时时惠顾，林间的梣树和园内的青松也会因你而失色。

梅利博欧斯：

［69］诸多言语，长记心间。迪尔西竭力争胜，仍难免徒劳一场。从此以后，我们公认：柯吕东不愧为柯吕东。[28]

注 释

1—— 迪尔西（Thyrsis），虚构的人物，源自忒奥克里图斯的《田园诗》(*Idylls* I)。在忒氏之作中，他自称"我是来自埃特纳的迪尔西"，并为传说中的西西里牧人歌手达夫尼斯咏唱了一首挽歌，其内容正是维吉尔写作《牧歌》之五、之十的灵感之源。参看本书"导言"及第二章注15。

2—— 对照忒奥克里图斯《田园诗》之六第1—2行："牧人达夫尼斯和达摩埃塔赶着他们的牲畜会合一处。"

3—— 阿卡迪亚，见第四章注28。

4—— 敏吉河（Mincius），今名明乔河（Mincio River），意大利北部河流，源出阿尔卑斯山南麓，流经维吉尔的故乡曼图亚，汇入波河（Virgil, *Georgica* III. 14-15；Livy, *Ab Urbem Condita Libri* XXIV. 10）。

5—— 阿尔吉贝（Alcippe），虚构的人物。

6—— 参看第三章注16。

7—— 利贝特拉的仙女（Libethrides），指缪斯女神。该词在拉丁语诗歌中仅此一见（Guy Lee, 1984, p.120），词源亦不甚明了。老普林尼说利贝特拉（Libethra）是马其顿马格尼西亚（Magnesia）的圣泉，乃缪斯时时光顾之地（Pliny, *Naturalis Historia* IV. 16）；波桑尼阿则说利贝特拉是奥林匹斯山麓的一座古城，为缪斯安葬俄耳甫斯之处（Pausanias, *Periegesis Hellados* IX. 30.1）。参看第一章注3，第三章注13、注23。

8——塞尔维乌斯称考德鲁（Codrus）是与维吉尔同时代的诗人（Servius, ad loc.），但其事迹及著作已湮没无闻。现代学者推测"考德鲁"是一位"后新派"（post-neoteric）诗人，诗风与盖乌斯·钦纳相近（Jones, 2013, p. 109）。参见第五章"考德鲁的辩论"及第九章注17。

9——因为松树是潘神的圣树，所以此句可理解为：如果比赛失败，就把排箫归还给潘神（Guy Lee, 1984, p. 120）。

10——塞尔维乌斯说阿谀逢迎意在蛊惑人心，而"毛地黄"（baccar）则有"破解妖术"（depellendum fascinum）之功效（Servius, ad loc.）。参看第三章注28、第四章注12。

11——德利雅（Delia），即月神狄安娜，参看第三章注19。

12——"小"（parvus），说明了希腊人名"弥康"（古希腊语 Μίκων）的本义。

第七章

13 —— 普利阿普斯（Priapus），古希腊的生殖和丰产之神，传说为酒神狄奥尼索斯之子。对普利阿普斯的崇拜起源于赫勒斯滂海峡（Hellespontus，今达达尼尔海峡）东岸的古城兰萨库斯（Lampsacus），希腊化时代传入希腊本土及意大利半岛。普利阿普斯通常被塑造为相貌丑陋、身体畸形的模样，尤以硕大的阳具令人瞠目。罗马人将其雕像安置于庭园内以恐吓盗贼和鸟雀，犹如后世的稻草人（Virgil, *Georgica* IV. 110-111；Horace, *Sermones* I. 8；Diodorus Siculus, *Bibliotheke Historike* IV. 6.1-4）。

14 —— 海神涅柔斯（Nereus）和大洋女神多里斯（Doris）生育了五十名海洋仙女（Nerines/Nereides），伽拉忒娅（Galatea）为其中之一（Hesiod, *Theogonia* 240-264）。参看第一章注8。

15 —— 麝香草（thymum），即百里香，学名 *Thymus vulgaris* Linn.，唇形科百里香属半灌木，全株含麝香草脑，有浓郁香气，可做调味料，也是主要的蜜源植物。绪勃刺，见第一章注10。

16 —— "伽拉忒娅"（古希腊语 Γαλάτεια）原意为"肤如凝脂"。

17 —— 对照忒奥克里图斯《田园诗》之十一第20—21行：

"(伽拉忒娅)比乳酪白皙,比羔羊温驯,比牛犊活泼,比尚未成熟的葡萄圆润。"

18——"撒丁岛的毒草"(Sardonia herba)可能指一种野生的欧芹(apiastrum),食之毙命,死者张口露齿,古希腊人称之为"撒多尼俄斯之笑"(Σαρδόνιος γέλως, Servius, ad loc.)。

19——利贝尔(Liber),意大利的丰穰和自由之神,在民间信仰中通常与酒神巴库斯相混同(Virgil, *Georgica* I. 7-9)。罗马的阿文丁山上曾建有刻勒斯、利贝尔和利贝拉(Libera)的神庙,世称"阿文丁三神"(Aventine Triad)。每年3月17日为利贝尔和利贝拉的节日(Virgil, *Georgica* II. 385-396;Ovid, *Fasti* III. 771-788)。

20——阿尔吉(Alcides),指希腊神话中的大力神赫拉克勒斯(Hercules)。赫拉克勒斯为宙斯与阿尔克墨涅(Alcmene)所生,其养父安菲特律翁(Amphitryon)是阿尔凯乌斯(Alcaeus)的儿子,故称赫拉克勒斯为Alcides,即"阿尔凯乌斯的后裔"。又,据说赫拉克勒斯是将白杨引进希腊的第一人,所以他的标识便是"杨枝编成的花环"(Theocritus, *Idylls* II. 121-122;Virgil, *Georgica* II. 65-67;Pausanias, *Periegesis*

Hellados V. 14.2）。

21 —— 伊阿库（Iacchus），诗歌中对酒神巴库斯的雅称（Catullus, *Carmina* LXIV. 251；Virgil, *Georgica* I. 166）。参看第五章注 23。

22 —— 维纳斯（Venus），罗马神话中的美与爱之神，对应于希腊的阿佛洛狄忒（Aphrodite）。香桃（myrtus），学名 *Myrtus communis* Linn.，桃金娘科香桃木属常绿灌木，花白色，气味芳馥。作为维纳斯的圣树，香桃在古罗马每用作婚礼的装饰，妇女梦见头戴香桃花被视为吉兆（Virgil, *Georgica* I. 27-28, II. 64；Artemidorus, *Oneirocritica* I. 77）。

23 —— 阿波罗追求仙女达佛涅（Daphne），后者避之不及，变化为一株月桂树，日神犹难自已，乃取桂枝为其冠冕（Ovid, *Metamorphoses* I. 452-567）。福玻斯即阿波罗，见第三章注 18。月桂（laurea），学名 *Laurus nobilis* Linn.，樟科月桂属小乔木。"桂冠"也是作战或竞技取胜的象征（Horace, *Carmina* II. 15. 9-10, IV. 2.9）。

24 —— 榛子（corylus），榛木（学名 *Corylus heterophylla* Fisch.）的果实，有果苞，密被绒毛，坚果近圆形，味甘美。

25 —— 梣树（fraxinus），学名 *Fraxinus excelsior* Linn.，木樨科梣属落叶乔木。老普林尼在出产木材的树种中首先介绍了梣树，称其树形高大，用途广泛，特别强调其"因荷马的揄扬且被制成阿喀琉斯之矛而身价非凡"（Pliny, *Naturalis Historia* XVI. 24）。参看第四章注17。

26 —— 冷杉（abies），学名 *Pinus picea* Linn.，松科冷杉属常绿乔木，木材富含油脂，可以制作火炬（Pliny, *Naturalis Historia* XVI. 19）。冷杉也是造船的良材，因此维吉尔在《农事诗》中称之为"随时可能见证海难的冷杉"（casus abies visura marinos, Virgil, *Georgica* II. 68）。

27 —— 吕吉达斯（Lycidas），借自忒奥克里图斯《田园诗》（*Idylls* VII）的人名，又见第九章。

28 —— 原文"Corydon Corydon est"，直译即"柯吕东就是柯吕东"。

第八章

［1］牧人达蒙和阿尔菲希波对唱之际,牝犊听曲而忘秣,猞猁闻歌而出神,奔腾的河川也改变流向并停滞不前。我们要向达蒙和阿尔菲希波的缪斯致敬。[1]

［6］然而,当你穿越壮阔的提马乌斯河[2]的石峡,或者巡航于伊利里亚[3]的海岸,恳请告知:何日方可获准将阁下的功绩颂扬?几时又能使媲美索福克勒斯[4]剧作的华章藻句传遍天下?我的歌自你而始,以你为终,请接受奉教而作的诗篇,并且惠允,在胜利者的桂冠之中,让一缕茑萝的细蔓缠绕你的额头。[5]

［14］清冷的夜色刚刚从天空消退,嫩草尖上的露珠令牛羊倍觉香甜,[6]达蒙便侧倚精致的牧杖,开口歌唱。

达蒙:

［17］升起吧,启明星[7],预示祥和美好的一天。与我有约在先的尼萨[8]虚情假意地将我欺骗。虽然诸神的见证于事无补,但我仍当向天悲歌,在临终之前的最后时刻将神灵呼唤。

奏响吧,我的牧笛,与我同唱迈纳鲁斯[9]之歌![10]

［22］迈纳鲁斯山上有四季欢唱的密林和私语喁喁的青松,且能时时听到牧人的恋歌和潘神演奏的曲调(正是

他让喑哑的芦管发出了第一声清音)。[11]

　　奏响吧，我的牧笛，与我同唱迈纳鲁斯之歌！

　　[26]尼萨竟然委身于莫普苏斯！世间的有情人何种怪事料想不到？麒麟[12]与驽马匹配，有朝一日，胆怯的雌鹿也会跟猎犬结伴饮水。

　　奏响吧，我的牧笛，与我同唱迈纳鲁斯之歌！

　　[29]莫普苏斯，砍些做火炬的薪柴，迎娶出嫁的新娘。抛撒坚果吧，[13]新郎！为你，黄昏星已升起在奥伊塔山上[14]。

　　奏响吧，我的牧笛，与我同唱迈纳鲁斯之歌！

　　[32]哦，嫁给一位如意郎君，你趾高气扬，目中无人。你讨厌我的牧笛和山羊，嫌恶我的粗眉毛和大胡子，并且认为神灵无暇顾及凡间的是非恩怨。

　　奏响吧，我的牧笛，与我同唱迈纳鲁斯之歌！

　　[37]在果园的篱笆旁，我见到年幼的你；我领路，你跟随母亲采摘带露的苹果。当时我年过十一，又长一岁，站在地上已经能够摸到细弱的树枝。自从见到你，我就失魂落魄，若痴若狂！[15]

　　奏响吧，我的牧笛，与我同唱迈纳鲁斯之歌！

　　[43]如今，我方知"爱"为何物。在光秃秃的岩石间，特马洛斯[16]或罗多彼[17]，不然便是遐方绝域的加拉曼

特人[18]将他生养——嗟尔狂童[19],非我族类,全无心肝。[20]

　　奏响吧,我的牧笛,与我同唱迈纳鲁斯之歌!

　　[47]疯狂的"爱"曾教一位母亲双手沾满亲生幼子的鲜血。[21]母亲啊,你也真够残忍。可是要问谁更狠毒,是这位母亲,还是狡狯的顽童?自然是狡狯的顽童,不过这位母亲也真够残忍。

　　奏响吧,我的牧笛,与我同唱迈纳鲁斯之歌!

　　[52]愿豺狼远避羔羊,愿粗壮的橡树结满金色的苹果,愿赤杨绽放水仙的花朵,愿柽柳的树皮溢出浓浓的琥珀,愿枭鸱与鸿鹄竞鸣,[22]愿迪蒂卢斯成为俄耳甫斯[23]——一名丛林中的俄耳甫斯,或者与海豚为伍的阿利翁[24]。

　　奏响吧,我的牧笛,与我同唱迈纳鲁斯之歌!

　　[58]不,令世界沦为汪洋大海,别了,山林!从巍巍高山之巅,我将纵身投入万顷波涛。请接受赴死之人的遗赠。

　　结束吧,我的牧笛,结束这首迈纳鲁斯之歌!

　　[62]达蒙唱完了。皮尔利亚的仙女们[25],请说明阿尔菲希波如何应答,因为我们并非无所不知,无所不晓。

阿尔菲希波:

　　[64]快送水来,用细软的束带[26]缠绕祭台,焚烧丰美的马鞭草[27]和纯阳的乳香,我要设坛作法,教轻薄荡子

心回意转。此刻万事俱备,只待我念动咒语。

　　呼唤达夫尼斯,我的歌,唤他从城里回家吧![28]

　　[69] 神秘的咒语能令月亮从天上陨落,喀耳刻曾用魔咒将尤利西斯的伙伴变为畜生,[29] 念咒还能使草地上冰冷的蟒蛇断为数截。[30]

　　呼唤达夫尼斯,我的歌,唤他从城里回家吧!

　　[73] 三根线绳,三种颜色,先要把"你"紧紧缠绕,再引导偶人环行祭坛三匝,因为奇数能博得天神欢心。

　　呼唤达夫尼斯,我的歌,唤他从城里回家吧!

　　[77] 给三种颜色的线绳打三个结,阿玛吕丽丝,一边打结,一边念诵:"我编织爱情的锁链。"[31]

　　呼唤达夫尼斯,我的歌,唤他从城里回家吧!

　　[80] 在同一团烈焰之中,泥土变硬,蜜蜡熔化,达夫尼斯也会被一片真情深深感动。[32] 抛撒麦糁[33],用沥青点燃月桂的枯枝。可恨的达夫尼斯令我心焦如焚,我也要让达夫尼斯在燃烧的柴堆中饱受煎熬。[34]

　　呼唤达夫尼斯,我的歌,唤他从城里回家吧!

　　[85] 让达夫尼斯也为同样的相思所苦,似母牛追寻公牛,过幽薮,穿长林,疲惫而绝望地卧倒在溪边的绿蒲丛中,直至深夜也不知回还。让达夫尼斯为相思所苦,我毫不在意他能否获救。

第八章

呼唤达夫尼斯,我的歌,唤他从城里回家吧!

[91] 几件衣裳[35],乃负心之人所赠,是昔日定情的信物。如今,在这道门槛之内,地母啊,我把故物拜托给你。有此为证,教达夫尼斯成了我的一世冤家。

呼唤达夫尼斯,我的歌,唤他从城里回家吧!

[95] 仙草和毒药,采自庞图斯[36],莫埃利斯[37]亲手交付与我。庞图斯盛产仙草和毒药。我曾目睹,凭借药物的魔力,莫埃利斯屡屡化身为狼并遁入密林,或者从墓圹的深处唤起亡灵,将田里的庄稼移植到另一块土地之上。

呼唤达夫尼斯,我的歌,唤他从城里回家吧!

[101] 抓起火堆里的余烬,阿玛吕丽丝,越过头顶将灰烬撒入溪流之中。不要回头张望。我要借此教训达夫尼斯,他对神谕和咒语竟置若罔闻。

呼唤达夫尼斯,我的歌,唤他从城里回家吧!

[105] "看啊,稍一迟延,灰烬已在祭坛上自动燃起闪烁的火光。大吉大利!"莫非是喜从天降,绪拉克斯[38]也在门口狂吠猖猖。应该信以为真?还是害相思的人白日做梦?

终止吧,我的歌,达夫尼斯已经从城里回来了。

注　释

1 —— 原文："Damonis Musam dicemus et Alphesiboei." 句中的 "dicemus"（dico 的直陈式主动态将来时，复数第一人称），本义 "言说""叙述"，在诗歌中也有 "祝颂""赞美" 的含义。C. Day Lewis 英译为："Let us celebrate the Muse of Damon and Alphesiboeus"（Lewis，2009，p.33），甚合。

2 —— 提马乌斯河（Timavus），今名提马沃河（Timavo River），发源于斯洛文尼亚境内，流经意大利阿奎莱亚（Aquileia）和的里雅斯特（Trieste）之间的喀斯特地貌区，注入亚得里亚海。该河部分河段已渗进石灰岩洞穴成为地下河，但曾以支流众多、水量丰沛而为古典作家所称道（Virgil, *Aeneis* I. 244-246；Pliny, *Naturalis Historia* II. 106；Lucan, *Pharsalia* VII. 194）。

3 —— 伊利里亚（Illyricum/Illyria），历史地区，位于巴尔干半岛西北部，包括今克罗地亚、波斯尼亚和黑塞哥维那联邦及黑山的部分疆域，公元前 33 年被罗马占领并设为行省。

第八章

4 —— 索福克勒斯（Sophocles，约前 496—约前 406），古希腊诗人，与埃斯库罗斯（Aeschylus，前 525—前 456）、欧里庇得斯（Euripides，约前 485—前 406）并称为希腊三大悲剧作家。据说他一生创作了一百三十部剧本，今有《俄狄浦斯王》(*Oidipous Tyrannos*)《安提戈涅》(*Antigone*)等七部作品及少数萨蒂尔剧的抄本残卷存世。

5 —— 本篇第 6 至 13 行为题赠波利奥的献词。公元前 39 年，波利奥曾率军远征伊利里亚，与归附布鲁图斯的帕提尼人（Parthini）交战并大获全胜（Dio Cassius, *Historia Romana* XLVIII. 41.7）。参看本书"导言"及第三章注 22。

6 —— 维吉尔援用了瓦罗在《论农业》中的说法："夏日要在破晓时分出门放牧，此刻草丛积满露水，比中午的干草更加美味。"（Varro, *Rerum Rusticarum de Agri Cultura* II. 2；Virgil, *Georgica* III. 322-326）。

7 —— 启明星，参看第六章注 39。

8 —— 尼萨（Nysa），虚构的人物。

9 —— 迈纳鲁斯（Maenalus），希腊阿卡迪亚地区山脉，自古被视为潘神的圣地，山中林木茂密，人烟稀少，居民至今仍有人以放牧为生（Theocritus, *Idylls* I. 123-

124；Virgil, *Georgica* I.17；Ovid, *Metamorphoses* I. 216，II. 415）。参看第二章注 16。

10 —— 对照忒奥克里图斯《田园诗》之一的副歌："开口唱吧，我的缪斯，唱响这首牧人之歌！"

11 —— 参看第二章注 16、注 17。

12 —— 原文 "grypes"（gryps 的复数主格），或译为 "格里芬"（英语 griffin 的音译），传说中的异兽，鹰首狮身，生有双翼，其图像始见于公元前三千纪的埃兰（Elam）圆筒印章，后广泛流传于地中海世界、西亚和欧亚草原地带，衍生出狮首、虎首、羊首、鹿首等不同的类型，但均以生有双翼为显著特征。我国汉魏六朝陵墓雕刻中所见的有翼神兽（狮子或麒麟，古称 "辟邪" "天禄"）应为 gryps 传入汉地之后的变形（参阅李零《论中国的有翼神兽》，《中国学术》，2011 年第 1 期）。另，以瑞兽与凡畜并举，如高适《画马篇》云 "麒麟独步自可珍，驽骀万匹知何有"，乃极言二者之不相为伍。

13 —— 在婚礼上散发坚果的习俗，亦见于卡图卢斯《歌集》之第六十一首。在卡氏的作品中，操办此事的是主人婚前蓄养的娈童（Catullus, *Carmina* LXI. 126–140）。

14 —— 奥伊塔山（Oeta），品都斯山支脉，位于希腊中部地区，主峰皮尔戈斯（Pyrgos）海拔 2152 米（Livy, *Ab*

Urbem Condita Libri XXXVI. 15；Ovid, *Metamorphoses* IX. 165, 204, 230）。黄昏星升起，被视为婚礼的吉兆（Catullus, *Carmina* LXII. 7），参看第六章注39。

15 —— 对照忒奥克里图斯《田园诗》之十一第25—27行："你初次前来，我带路，你随家母上山采摘风信子花，宝贝儿，我就爱上了你。"

16 —— 特马洛斯（Tmaros），希腊伊庇鲁斯（Epirus）地区山岳，品都斯山脉的组成部分（Pliny, *Naturalis Historia* IV. 6）。

17 —— 罗多彼，见第六章注15。

18 —— 加拉曼特人（Garamantes），北非讲柏柏尔语（berber）的民族，公元前5世纪至公元6世纪之间曾在今利比亚南部的费赞（Fezzan）地区建国（Hirodotus, *Historiai* IV；Livy, *Ab Urbem Condita Libri* XXIX. 33）。另，"Garamantes"与"amo"（爱）的分词"amantes"谐音。

19 —— 与上文之"爱"（Amor）相呼应，指罗马神话中的小爱神丘比特（Cupido）。按：丘比特为火神伏尔甘（Vulcanus）与其妻维纳斯所生之子，对应于希腊神话中的厄洛斯（Eros）。在文学作品中，他被塑造为一个顽皮的孩童，身生双翼，手持弓箭，专司男女情爱之事。正是丘比特用金箭射中阿波罗，燃起了他对达佛涅的爱情，又用铅箭射中达佛涅，使她极力回避阿波罗的追求。参看第七章注23。

20 —— 对照忒奥克里图斯《田园诗》之三第15—16行："如今我才认清'爱'的面目：一位冷酷无情的神祇。他由雌狮哺育，在丛林里长大。"

21 —— 此处所说的"母亲"指美狄亚（Medea）。美狄亚本为科尔基斯公主，当伊阿宋率众英雄前往其国寻取金羊毛时，帮助伊阿宋获得成功并与之私奔。后伊阿宋另结新欢，美狄亚盛怒之下，便杀死伊阿宋与自己所生之二子作为报复（Euripides, *Medea*; Propertius, *Elegiae* III. 19.17-18; Ovid, *Metamorphoses* VII. 1-424）。参看第四章注16。

22 —— 对照忒奥克里图斯《田园诗》之一第133—136行："愿姣妍的水仙开放在刺柏枝头，愿是非混淆，黑白颠倒，因为达夫尼斯就要死了。愿松树结满酥梨，愿猎犬被麋鹿撕咬，愿夜莺在黎明时分对枭鸱啼叫。"

23 —— 俄耳甫斯，见第三章注13。

24 —— 阿利翁（Arion，前7世纪），古希腊诗人，曾供职于科林斯僭主珀利安德（Periander）的宫廷，对酒神颂（dithyrambos）的发展做出了重要贡献，因而也被视为古希腊戏剧文学的先驱者之一。传说他旅居意大

第八章

利期间赚取了大笔金钱，归国途中被见财起意的船员扔进海里，一只海豚迷恋他的歌声，将他救上了海岸（Herodotus, *Historiai* I. 23-24）。

25 —— 皮尔利亚的仙女，见第三章注23。

26 —— 束带（vitta），用羊毛织成的带子，通常缠绕在献祭的牺牲头上，具有神圣的象征意义，如维吉尔在《农事诗》中所言："站立祭坛下的牺牲，头缠雪白的毛织束带，在行动迟缓的侍僧簇拥中，彀觫就死。"（Virgil, *Georgica* III. 486-488）若新娘佩戴此物，则表示品行贞淑。

27 —— 马鞭草（verbena），学名 *Verbena officinalis* Linn.，马鞭草科马鞭草属草本植物，因四时常青且有怡人香气，故被认为具备神奇的魔力（Servius, ad loc.）。

28 —— 对照忒奥克里图斯《田园诗》之二的副歌："魔法之轮，带我的爱人回家见我吧！"

29 —— 喀耳刻（Circe），荷马史诗《奥德赛》中法力广大的神女，日神赫利俄斯和海洋仙女珀耳塞伊斯（Perseis）的女儿，居住在埃埃亚岛（Aeaea）的豪华府邸中。她邀请奥德修斯的船员进餐，但在膳食中加入药物，将他们变成了猪。此后她爱上了奥德修斯，为他生育二子，并帮助他返回家乡。尤利西斯（Ulixes）即奥德修斯（Homer,

Odysseia X. 210-574；Hesiod, *Theogonia* 1011-1015）。

30 —— 据说意大利的马尔苏斯人（Marsus, *pl.* Marsi）具有此等法力，他们正是奥德修斯和喀耳刻的后裔（Guy Lee, 1984, p.123）。

31 —— 对照忒奥克里图斯《田园诗》之二第18—21行："首先要在火堆里焚烧麦粒，忒斯迪里……一边撒，一边说：'我抛撒德尔菲斯的白骨。'"

32 —— 塞尔维乌斯的解释是："以泥自况，以蜡比达夫尼斯。"（se de limo facit, Daphnidem de cera, Servius, ad loc.）。对照《田园诗》之二第38—39行："在女神的帮助下，我熔化蜜蜡，愿缪都司的德尔菲斯也会被突如其来的恋情顷刻融化。"

33 —— 麦糁（mola），粗磨的麦粒，多用于祭祀（Cicero, *De Divinatione* II. 16. 37）。

34 —— 原文"ego hanc in Daphnide laurum"，直译应作：我要将达夫尼斯置于这堆月桂枝中。对照《田园诗》之二第23—24行："因为德尔菲斯给我造成痛苦，我要焚烧月桂叶报复德尔菲斯。"

35 —— 原文"exuviae"，本义"战利品"，包括衣服、武器等，英译或作"keepsakes"（纪念品，Guy Lee, 1984），或作"clothes"（衣裳，Tim Chilcott, 2006），此从后者。

第八章

36 —— 庞图斯（Pontus），源于古希腊语的 Pontos (Πόντος)，原意为"海"，特指黑海（Euxinus Pontus）及其周边地区（Virgil, *Georgica* I. 58-59，206-207；Horace, *Carmina* I. 14. 11）。

37 —— 莫埃利斯（Moeris），虚构的人物，又见第九章。此人名与古希腊语的"Moira"(μοῖρα，命运) 不无关联。

38 —— 绪拉克斯（Hylax），狗的名字，古抄本作 Hylas，15 世纪改订为 Hylax，该词在古希腊语中的意思是"嗥叫者"（Guy Lee，1984，p.123）。

第九章

吕吉达斯：

[1]莫埃利斯，步履匆匆，将欲何往？[1]可是循路前往城里？

莫埃利斯：

[2]噢，吕吉达斯，有生之年，遭此横祸。当初何曾料到，外乡人竟能霸占我们的几分薄田，说："统统归我了，滚吧，老庄户[2]！"饱受侵凌，境况凄惨，只怪命运翻覆，世道全变。今日给他送去一群羊羔——但愿恶人自有恶报。

吕吉达斯：

[7]可我明明听说，从山势始趋低缓，岭脊沿着斜坡逶迤而下的地方，到谷底的河边和树梢折断的老山毛榉旁，[3]你们的麦纳尔喀斯凭借他的诗歌保住了那一片家园。

莫埃利斯：

[11]虽有所闻，皆为流言。身处剑戟丛中，诗之为用，诚所谓"多多纳的鸽子[4]遭遇飞来的鹰隼[5]"。若非一只乌鸦，在左侧[6]冬青树的空洞里将我阻拦，劝我切勿重启争端，眼前的莫埃利斯和那位麦纳尔喀斯都难以苟全性命。

吕吉达斯：

［17］唉，此番罪过，归咎于谁？唉，麦纳尔喀斯，你给予我们的慰藉，难道也随你一同离去？谁能歌《仙女》之诗章？[7] 谁能给大地撒满缤纷的繁英，或者为清泉覆盖几许绿荫？[8] 另有一首歌，当你前日去见我们宠爱的阿玛吕丽丝之时，我曾暗自窃听："路途不远，等我回来，迪蒂卢斯，喂饱我的山羊，赶它们去饮水。赶羊时要留意那头公羊，小心它用犄角抵你。"[9]

莫埃利斯：

［26］不如用他为瓦鲁斯[10]所作而尚未定稿的诗句："瓦鲁斯，请将曼图亚[11]留给我们——悲夫，曼图亚，与苦难深重的克雷莫纳[12]近若比邻——歌唱的天鹅会将你的美名传播到天界的星辰之间。"[13]

吕吉达斯：

［30］愿你的蜂群远离吉尔诺[14]的红豆杉[15]，愿你的母牛饱食苜蓿，乳房鼓胀，想唱你就尽情地唱吧！司歌女神把我也造就成了一名诗人。我也会唱歌，牧人们都称我为"歌王"，但我岂能轻信他人之言。与瓦留斯[16]或钦纳[17]相比，我自愧弗如，倒像一只公鹅在引吭高歌的鸿鹄间聒噪不休。[18]

第九章

莫埃利斯：

［37］我沉吟不语，正欲寻思，吕吉达斯，若记诵无误，此阕亦非俗句："来吧，伽拉忒娅，居彼重渊，何乐之有？是处春光明媚，溪边花发，异彩纷呈；白杨萧萧，荫蔽岩穴；藤萝交织，宛若凉棚。来吧，令狂涛兀自拍击涯岸。"[19]

吕吉达斯：

［44］还有一首歌，你以为如何？在清明的夜色中，我曾听你独自吟哦，美妙的音调仍萦绕耳畔，但愿也能记诵隽永的歌词："达夫尼斯，为何仰观古老星座的升沉？看啊，神裔[20]恺撒之星[21]，冉冉升起，光华四射。有此吉星高照，必定五谷丰登，喜气洋洋，向阳的山坡上葡萄已泛出赪紫的颜色。接种梨树吧，达夫尼斯，你的后代将采摘成熟的果实。"[22]

莫埃利斯：

［51］时光剥夺一切，泯灭人的心智。记得儿时每每以歌声葬送漫长的白日，如今已将词曲大都遗忘。由于恶狼的窥伺，嘹亮的嗓音也将莫埃利斯辜负。[23]不过，麦纳尔喀斯随时会为你重唱昔日的歌谣。

吕吉达斯：

［56］你借故推辞，令人徒增钦慕之情。为了聆听你的歌唱，海面一片平静，絮语的微风也已停息。[24]至此，

我们刚刚走完一半路程,比亚诺[25]的墓茔已遥遥在望。[26]农夫们正在修剪茂密的枝叶,莫埃利斯,让我们一同歌唱。暂且将羊群安置在路旁,我们迟早会到达城里。如果担心夜晚的降临会带来一阵细雨,更须边走边唱,如此方能缓解旅途的劳顿。载行载歌,吾当为君分忧。

莫埃利斯:

[66]无须多言,兄弟,先做好眼前的事情!待诗人[27]亲自前来,我们唱歌会更加出色。

注 释

1 —— 对照忒奥克里图斯《田园诗》之七第 21 行:"正值午时炎热,希米基达斯,你要前往哪里?"

2 —— 原文"coloni"(colonus 的复数呼格),本义"垦殖者"(colo,开垦、耕种),泛指农民,特指租种他人土地的佃农或殖民地的移民(Caesar, *De Bello Civili* I. 34 ; Cicero, *De Lege Agraria* II. 75)。

3 —— 山毛榉的"树梢折断"(iam fracta cacumina)呈现出残败、凄凉的景象。参看第一章注 2。

4 —— 据希罗多德记载,在希腊西北部卡昂尼亚(Chaonia)地区的多多纳(Dodona),人们遵照一只鸽子所宣示的旨意,建造了希腊最古老的神谕所(Herodotus, *Historiai* II. 54ff.)。

5 —— "鹰隼"(aquila)影射罗马军团的军徽(Cicero, *In Catilinam* I. 24)。

6 —— "左"(sinister)在拉丁语中兼有"不祥"的意义,与古汉语以"左"为"卑"(如"左迁")为"邪"(如《礼记·王制》:"执左道以乱政")不无相似之处。

7 —— 莱比锡本作:"quis caneret nymphas ?"巴黎本作

"quis caneret Nymphas？" Guy Lee 将 "Nymphas"（Nympha 的复数宾格）理解为歌曲的标题，译作："Then who would sing *The Nymphs*？"（Guy Lee, 1984, p. 97），此从之。

8 —— 呼应第五章"向大地抛撒花瓣，借浓荫遮蔽清泉"的诗句。参看第五章注 14。

9 —— 对照忒奥克里图斯《田园诗》之三第 3—5 行："迪蒂卢斯，老朋友，喂饱我的母羊，赶它们去泉边饮水。留意那头公羊，利比亚的黄羊，小心它用犄角抵你。"

10 —— 瓦鲁斯，见第六章注 6。

11 —— 曼图亚（Mantua），今名曼托瓦（Mantova），意大利古城，地处波河中游平原，波河支流敏吉河绕城而过。维吉尔出生于城郊的安德斯（Andes），因此他将曼图亚视为自己的故乡。在《农事诗》中，诗人写道："倘若天假以年，我要率先从阿奥尼的巅峰引领缪斯女神荣归故里，首次将伊杜美的棕榈叶献给你，曼图亚，在碧绿的原野上，依傍清流建造云石的圣殿。"（Virgil, *Georgica* III. 10-15）。

12 —— 克雷莫纳（Cremona），意大利北部城市，位于曼图亚以西约 60 公里处，维吉尔少年时曾在此求学。

13 —— 据说瓦鲁斯是负责给退伍军人分配田地的委员会成

员。这一"分田"政策波及意大利的十余座城市,克雷莫纳和曼图亚均未能幸免(Virgil, *Georgica* II. 198-199)。显而易见,所引诗句表明维吉尔"仍冀望影响瓦鲁斯的决定"(Guy Lee, 1984, p.124),但此诗"尚未定稿"(necdum perfecta)似又暗示其努力半途而废,未能奏效。参看本书"导言"及第六章注6。

14 —— 原文"Cyrneas"(Cyrnea 的复数宾格),源于古希腊人对科西嘉岛的称谓"吉尔诺"(Κύρνος),指科西嘉岛。

15 —— 红豆杉(taxus),一名紫杉,学名 *Taxus baccata* Linn.,红豆杉属常绿乔木或灌木,全株含紫杉碱,有剧毒,维吉尔在《农事诗》中称之为"有害的紫杉"(taxi nocentes, *Georgica* II. 257)。塞尔维乌斯说科西嘉岛盛产红豆杉(Servius, ad loc.)。

16 —— 瓦留斯(Varius Rufus, Lucius,生卒年不详),古罗马诗人,维吉尔和贺拉斯的朋友,所著悲剧《迪厄斯忒斯》(*Thyestes*)公演大获成功,另有战争史诗、爱情诗等作品,惜已全部失传。维吉尔逝世后,瓦留斯曾参与《埃涅阿斯纪》的整理编辑(Horace, *Carmina* I. 6.1-4;id. *Sermones* I. 10. 81-84)。

17 —— 钦纳(Cinna, Gaius Helvius,生卒年不详),罗马

共和国后期"新派诗人"(neoteric poets)的代表之一,著有小型史诗《士麦那》(*Zmyrna*),已佚。卡图卢斯称其写作此诗费时九年,并给予极高的评价(Catullus, *Carmina* XCV)。

18 —— 对照忒奥克里图斯《田园诗》之七第38—41行:"众人皆称我为歌者之翘楚,但我敢保证,我并非轻信谀辞之辈。要说唱歌,我哪里是萨摩斯的西克里达斯或菲利塔斯的对手。我如同蛤蟆,怎比得蚱蜢。"

19 —— 对照《田园诗》之十一第42—43行:"你将看到生活如此美好,来吧,让青灰色的海浪在身后冲击涯岸。"以及《田园诗》之七第7—9行:"榆树和白杨在溪边织就一片浓荫,以繁密的绿叶搭起凉棚。"

20 —— 原文"Dionaei",为Dione形容词Dionaeus的属格。按:Dione是Zeus(宙斯,属格Dios/Διός)的阴性形式,谓维纳斯之母或维纳斯本人(Homer, *Ilias* V. 370-415;Ovid, *Fasti* II. 461)。据说朱利乌斯家族的远祖埃涅阿斯(Aeneas)是维纳斯之子,因此该家族被认定为神的后裔(Virgil, *Aeneis* III.19-21)。参看第七章注22。

21 —— 公元前44年朱利乌斯·恺撒遇刺,随之天现彗星,被视为凯撒成神的瑞兆(Plutarch, *Caesar* LXIX 3.4)。

第九章

参看本书"导言"。

22 —— 参看第一章注 25。

23 —— 古代意大利人相信,一个人行路途中遇到狼,自己未发现狼而被狼先看见,他的嗓子就会变哑(Pliny, *Naturalis Historia* VIII. 80)。

24 —— 对照忒奥克里图斯《田园诗》之二第 33 行:"听吧,大海一片平静,风声也已沉寂……"

25 —— 比亚诺(Bianor),一名奥克努斯(Ocnus),河神台伯里努斯(Tiberinus)与女先知曼托(Manto)之子,据说他创建了曼图亚城,并以其母之名为该城命名(Virgil, *Aeneis* X. 198-201;Servius, ad loc.)。

26 —— 对照忒奥克里图斯《田园诗》之七第 10—11 行:"我们还没走完一半路程,尚未见到布拉塞拉的坟墓……"

27 —— 原文"ipse",意为"他本人",应指"麦纳尔喀斯"。

第十章

[1] 请恩准我履行最后的使命,阿勒图萨[1],我必须为好友伽鲁斯[2]吟成小诗一首,不过要请吕考莉斯[3]亲自诵读——谁会拒斥献给伽鲁斯的诗篇?如此,当你化为一脉清流潜注西西里的波底,咸涩的海水也无法将其融入激荡的漩涡。扁鼻子的山羊正在啃食柔嫩的木叶,开始吧,让我们叙说伽鲁斯苦恼的恋情[4]。我们并非对喑聋之徒歌唱,莽莽山林会回应每一句歌词。

[9] 纳伊斯众仙[5]啊,伽鲁斯因单相思而恹恹瘦损之时,你们藏身于何处的深林幽谷?既非帕纳索斯[6]或品都斯[7]的峰峦,亦非阿奥尼的圣泉[8]使你们迟留。[9]连月桂和柽柳都为他而哭泣,当他困卧孤崖之下,松阴苍翠的迈纳鲁斯山[10]和吕凯乌斯[11]冰冷的岩石也为他泪流涟涟。羊儿站在四周——它们不嫌弃我们,神圣的诗人啊,你也不要嫌弃它们(美貌的阿多尼斯[12]当初也在河边牧羊)。牧童来了,慢吞吞的猪倌们也来了。麦纳尔喀斯来了,浑身湿透,刚刚采罢冬天的橡实。众人齐声发问:"此番相思缘何而起?"阿波罗来了。"伽鲁斯,真荒唐!"他说,"你所爱慕的吕考莉斯已随他人而去,冒着大雪,走过肃杀的营房。"西凡努斯[13]来了,头戴山野的盛饰,摇晃着茴香的

155

花朵和硕大的百合。阿卡迪亚[14]的潘神[15]也来了，我们亲眼看见，他满面通红，涂抹了铅丹和接骨木血色的果浆。"几时方能收场？"他说，"此等屑细之事，爱神无意理会。铁石心肠的爱神何能餍足于涔涔清泪，恰似草地灌不满溪水，游蜂采不够花蜜，山羊喂不饱树叶一般。"[16]

[31]可是他伤心地答道："阿卡迪亚的朋友们，无论如何，你们定要对群山歌此一曲。唯有阿卡迪亚人深谙歌咏之道。倘若你们的排箫日后能诉说区区私衷，我的尸骨将安然长眠。真心希望我原本就是你们之中的一员，做个羊群的守护者，或者采收葡萄的田舍郎。但凡我情有所钟，任随何人，费里斯或阿缪塔斯（阿缪塔斯皮肤黝黑又有何妨？堇菜开黛紫的花，越橘结青碧的果）都会伴我闲卧柳荫藤架之下，阿缪塔斯唱歌，费里斯为我编缀花环。此地有清冽的泉水、柔软的草甸和繁茂的树丛，吕考莉斯，与你同在，唯有时光的流逝能消磨似锦华年。如今，狂热的激情令我投身行伍，亲当矢石并迎战强敌；而你，却远离故土——实在难以置信，啊，负心女，竟舍我而去——独自凝望着阿尔卑斯山[17]的积雪和莱茵河[18]的寒雾。啊，但愿严霜不至冻伤你！啊，但愿崚嶒的冰凌不至划破你的玉趾！"[19]

[50]"行矣，我将用西西里的牧笛演奏我以哈尔基斯

诗体谱写的歌曲。[20] 我心意已决，甘愿受苦受难，在丛林里，在野兽的巢穴间。我要把我的'爱'镌刻在娇弱的树苗之上，树木生长，我的'爱'也会随之成长。[21] 同时，我将偕众仙女巡游于迈纳鲁斯山中，或追猎凶猛的野猪。风霜不能阻止我驱使群犬在帕特尼[22] 的幽谷合围。我看见自己穿越回声四起的岩壑林莽，逞一时之兴，用安息[23] 的角弓[24] 射出吉多[25] 的利箭，以为如此便能平息内心的怨忿，也祈望神灵会因凡人的痛苦而稍发慈悲。然而，哈马德吕亚众仙[26] 乃至诗歌已不复令人怡悦。别了，山林！[27] 人间的磨难岂能改变神灵的意志，即使在阴湿冬日的酷寒中痛饮赫伯鲁河[28] 之水，勇敢地走进锡托尼[29] 的弥天风雪；或者，当高大的榆树上枯死的树皮已经萎缩，我们在巨蟹宫的星座下[30] 来而复往地驱赶着埃塞俄比亚[31] 的羊群。爱情征服一切，[32] 让我们向爱情屈膝称臣。"[33]

[70] 这首歌，女神啊，足够你们的诗人吟诵，当他闲坐无聊，用木槿的细枝编制篮筐。皮尔利亚的仙女们[34]，你们定会令此诗为伽鲁斯显现至高的价值。伽鲁斯，我对他的爱与时俱增，如同阳春时节绿芽萌发的赤杨。起身吧，阴翳妨害歌者——尤其是杜松的阴翳——对庄稼也危害甚大。回家吧，饱食终日的山羊，回家吧，黄昏星已经照临。[35]

注　释

1——　阿勒图萨（Arethusa），月神狄安娜的随侍仙女之一。传说她在阿卡迪亚的阿尔甫斯河（Alpheus）沐浴之际，被河神骚扰，乃化为一股流水，从海底潜逃至叙拉古港口的奥迪吉雅岛（Ortygia）（Moschus, Fragment III ; Ovid, *Metamorphoses* V. 572-641）。作为"阿卡迪亚—西西里"（Arcadian-Sicilian）的象征，诗人在此将其奉为牧歌的保护神。

2——　伽鲁斯，见第六章注27。

3——　吕考莉斯（Lycoris），伽鲁斯在诗作中对其意中人吉忒里斯（Cytheris）的称谓。吉忒里斯为一获释的女奴，也是红极一时的名伶，如果伽鲁斯的说法可信，她还具有颇为深厚的文学素养，见伽鲁斯诗歌残篇（*Journal of Roman Studies*, 69, 1979, 138ff.）及奥维德《恋歌》卷一："与伽鲁斯为伴的将是大名鼎鼎的吕考莉斯"（Ovid, *Amores* I. 15. 30 : "et sua cum Gallo nota Lycoris erit"）。吉忒里斯本为马克·安东尼的情妇（Cicero, *Ad Atticum* X. 10. 5）。

4——　"恋情"，原文"amores"，也是伽鲁斯所著诗集的

第十章

题名，因此该词一语双关，既谓伽鲁斯的"恋情"，亦暗指伽鲁斯的《恋歌》(Guy Lee, 1984, p.126)。参看第六章注 27。

5 —— 纳伊斯众仙，见第二章注 21。

6 —— 帕纳索斯，见第六章注 13。

7 —— 品都斯（Pindus），希腊的主要山脉，由阿尔巴尼亚南部绵亘至伯罗奔尼撒半岛北端，为色萨利和伊庇鲁斯的天然分界线，全长约 270 公里，最高海拔 2637 米，有"希腊脊梁"（the spine of Greece）之称（Horace, *Carmina* I. 12.6; Ovid, *Metamorphoses* VII. 225）。

8 —— 原文"Aoniae Aganippe"，直译即：阿奥尼的阿伽尼佩。按：阿伽尼佩为缪斯的圣泉，发源于阿奥尼的赫利孔山，据说饮用此泉之水可获得诗歌创作的灵感（Propertius, *Elegiae* II. 3. 20; Ovid, *Fasti* V. 7）。参看第六章注 28、注 30。

9 —— 对照忒奥克里图斯《田园诗》之一第 66—69 行："你们身在何处，仙女啊，当达夫尼斯日渐憔悴之时，你们身在何处？在佩纽斯还是品都斯美丽的溪谷？但必定不在宽阔的阿纳普斯河畔或埃特纳的高山，也不会频频现身于阿吉斯的圣河。"

10 —— 迈纳鲁斯山，见第八章注 9。

11 —— 吕凯乌斯（Lycaeus），阿卡迪亚西部地区山岳，相传为潘神的出生地（Virgil, *Georgica* I. 16, IV. 539；Ovid, *Metamorphoses* I. 217）。参看第二章注 16。

12 —— 阿多尼斯（Adonis），希腊神话中的美少年，塞浦路斯王喀倪剌斯（Cinyras）与其女密耳拉（Myrrha，一作 Zmyrna）乱伦所生之子，因容貌俊秀而深得美与爱之神阿佛洛狄忒宠眷（Ovid, *Metamorphoses* X.298-559, 681-739）。忒奥克里图斯在《田园诗》中称其"早年也曾牧羊"（*Idylls* I.109）。

13 —— 西凡努斯（Silvanus），古罗马的山林之神，林地和畜群的守护者，在文学作品中被描绘为性情开朗的老人，类似希腊的西伦努斯（Virgil, *Georgica* I. 20；Horace, *Carmina* III. 29.21-24；Ovid, *Metamorphoses* XIV. 639-640）。参看第六章注 10。

14 —— 阿卡迪亚，见第四章注 28。

15 —— 潘神，见第二章注 16。

16 —— 对照忒奥克里图斯《田园诗》之一第 77—83 行："先来了赫尔墨斯，自高山之上，问道：'达夫尼斯，谁令你痛苦？你为谁害相思？'……又来了牛郎和羊倌，都询问他伤心的缘由。普利阿普斯也来了，问道：'可怜的达夫尼斯，你为何憔悴？你所爱的姑娘四处游荡，穿越树林,涉渡泉水。'"

17 —— 阿尔卑斯山(Alpes),欧洲中南部山脉,从西地中海北岸呈弧形延伸至巴尔干半岛。古罗马人称阿尔卑斯山以北、莱茵河以西的广大地域为"山外高卢",称阿尔卑斯山以南、卢比孔河以北的地区为"山内高卢"。公元前2世纪初,罗马人征服了山内高卢,前1世纪中期又将山外高卢纳入了罗马的版图(Caesar, *Commentariorum de Bello Gallico* VI. 1, VII. 2;Virgil, *Georgica* I. 475, III. 474)。

18 —— 莱茵河(Rhenus),西欧第一大河,发源于阿尔卑斯山北麓,流经德法两国边境和德国西部,在荷兰汇入北海,全长1320公里。莱茵河是古代高卢地区和日耳曼尼亚的分界线,也是罗马人防御日耳曼人入侵的战略要地(Virgl, *Aeneis* VIII. 727;Horace, *Sermones* I. 10.37;Ovid, *Metamorphoses* II. 258)。

19 —— 塞尔维乌斯断言,"此皆伽鲁斯之句,引自其本人诗作。"(hi autem omnes versus Galli sunt, de ipsius translati carminibus. Servius, ad loc.)。译者按:连用三个感叹词"啊"(a),确实具有哀歌诗人的典型作风。

20 —— 哈尔基斯诗体(Chalcidicus versus),一般认为指古希腊诗人尤弗里翁的诗风,因尤弗里翁出生于埃维亚岛的哈尔吉斯（Chalcis），故名。参看第六章注34。另有学者推断"哈尔基斯诗体"应指哀歌双行体（elegiac couplet），"用西西里的牧笛"演奏"以哈尔基斯诗体谱写的歌曲"，意即用牧歌—田园诗的六步格诗体（pastoral hexameter）改写伽鲁斯的哀歌（Guy Lee, 1984, p.127）。

21 ——"爱"（amores），似谓伽鲁斯《恋歌》（Amores）中的词句，参看注4。译者按：此句亦不类维吉尔诗风，应为维吉尔援用或"戏仿"伽鲁斯诗作之又一例证，惜无文献材料以资佐证。

22 ——帕特尼（Parthenius），希腊阿卡迪亚和阿尔戈利斯（Argolis）边境的低山区（Propertius, *Elegiae* I. 1.11; Ovid, *Metamorphoses* IX. 188）。

23 ——帕提亚帝国又称"安息"，见第一章注11。

24 ——"角弓"，原文"cornu"，本义为"兽角"，借称用兽角制成的弓或以角质材料所制的弓弰指代弓。前者如荷马在《伊利亚特》中述及的羚羊角弯弓（Homer, *Ilias* IV. 105-111），后者以木、角等材料制成，称"复合弓"，据说为埃及人或赫梯人所发明，在我国也有悠久的历史（见《诗·小雅·角弓》及《考工记》）。作者既云"安息的角弓"，自然应指具有更大杀伤力的复合弓。与"牧笛"作为牧歌的象征相似,"弓箭"则是哀歌的母题之一(Jones, 2013, pp.40-41)。

25 —— 吉多(Cydonea),克里特岛古城,遗址在该岛西北海滨城市查尼亚(Chania)。

26 —— 哈马德吕亚众仙,见第二章注21。

27 —— 对照忒奥克里图斯《田园诗》之一第115—118行:"别了,豺狼,别了,潜伏山中的野兽,牧人达夫尼斯再也不会出没于你们栖息的密林丛薮。别了,阿勒图萨,还有从提布里斯流下的清澈的溪水。"

28 —— 赫伯鲁河(Hebrus),今名马里查河(Maritsa River),发源于保加利亚境内,流经希腊和土耳其边境,注入爱琴海(Virgil, *Georgica* IV. 463;Horace, *Carmina* III. 25. 10;Ovid, *Fasti* III. 737, id. *Metamorphoses* II. 257)。

29 —— 锡托尼(Sithonia),或译"锡索尼亚",希腊东北部哈尔基季基(Chalkidiki)半岛南端的三道海岬之一。

30 —— 巨蟹宫的星座(sidera Cancri),应指夏天的太阳。阳历6月的夏至日太阳运行至黄道十二宫的巨蟹宫(Cancer),表明时令已进入夏季。"在巨蟹宫的星座下"意即"在夏季的烈日下"。

31 —— 在荷马史诗中,"埃塞俄比亚"(Aethiopia)代表

"世界的尽头"（Homer，*Odysseia* I. 22-25），此处借以泛指非洲的辽远之地。上文言及寒冷的北方，下文说到炎热的南方，总之，伽鲁斯已渐行渐远，离开了阿卡迪亚的世外桃源。

32 —— 原文"omnia vincit Amor"，符合哀歌五步格（elegiac pentameter）诗行后半行的格律，可能摘录了伽鲁斯的诗句（Guy Lee，1984，p.128）。

33 —— 伽鲁斯渴望在"山林"（silvae）和"诗歌"（carmina）中寻求慰藉，但又不能忘情于功名利禄和世俗的男欢女爱。作为奥古斯都时期的政治家和著名的哀歌诗人，伽鲁斯的困惑体现了现实世界与"牧歌诗境"的紧张关系，同时也暗示了"维吉尔与伽鲁斯的文类之争"（the Virgilio-Gallan generic struggle，Jones，2013，p. 73）。

34 —— 皮尔利亚的仙女，见第三章注23。

35 —— 此句也可视为全书的结语。

拉—汉译名对照表

A

Achilles	阿喀琉斯
Adonis	阿多尼斯
Aegle	艾格勒
Aegon	埃贡
Aethiopia	埃塞俄比亚
Africa	阿非利加
Alcides	阿尔吉
Alcimedon	阿吉美顿
Alcippe	阿尔吉贝
Alcon	阿尔孔
Alexis	阿列克西斯
Alpes	阿尔卑斯山
Alphesiboeus	阿尔菲希波
Amaryllis	阿玛吕丽丝

牧　歌

Amphion	安菲翁
Amyntas	阿缪塔斯
Antigenes	安提根尼
Aonia	阿奥尼
Aracynthus	阿拉钦图山
Arar	阿拉尔河
Arcadia	阿卡迪亚
Arethusa	阿勒图萨
Argo	阿尔戈
Arion	阿利翁
Ariusia	阿琉西亚
Armenia	亚美尼亚
Ascraeus	阿斯科拉人
Assyria	亚述

B

| Bacchus | 巴库斯 |
| Bavius | 巴维 |

拉—汉译名对照表

Bianor	比亚诺
Britanni	不列颠

C

Calliope	嘉琉佩
Ceres	刻勒斯
Chalcis	哈尔基斯
Chaonia（Dodona）	多多纳
Chromis	克罗弥斯
Cinna	钦纳
Circe	喀耳刻
Codrus	考德鲁
Conon	考农
Corydon	柯吕东
Cremona	克雷莫纳
Cumae	库迈
Cydonea	吉多
Cynthius	钦图斯之神

牧　歌

　　Cyrnos　　吉尔诺

D

Damoetas	达摩埃塔
Damon	达蒙
Daphnis	达夫尼斯
Dardani	达达尼
Delia	德利雅
Dicte	迪克特
Dirce	狄尔刻
Dryades	德吕亚众仙
Dulichium	杜里吉

E

　　Eurotas　　欧罗塔斯河

拉—汉译名对照表

G

Galatea	伽拉忒娅
Gallus	伽鲁斯
Garamantes	加拉曼特人
Germania	日耳曼（人）
Gortyna	戈尔廷
Grynia	格吕尼

H

Hamadryades	哈马德吕亚众仙
Hebrus	赫伯鲁河
Hybla	绪勃剌
Hylas	许拉斯
Hylax	绪拉克斯

I

Iacchus	伊阿库
Illyricum/Illyria	伊利里亚
Iollas	伊奥拉斯
Ismarus	伊斯马鲁
Iuppiter	朱庇特

L

Liber	利贝尔
Libethrides	利贝特拉的仙女
Linus	林努斯
Lucina	卢吉娜
Lycaeus	吕凯乌斯
Lycidas	吕吉达斯
Lycoris	吕考莉斯

拉—汉译名对照表

M

Maenalus	迈纳鲁斯山
Maevius	梅维
Mantua	曼图亚
Meliboeus	梅利博欧斯
Menalcas	麦纳尔喀斯
Micon	弥康
Mincius	敏吉河
Mnasyllos	穆纳希罗
Moeris	莫埃利斯
Mopsus	莫普苏斯
Musa	缪斯

N

Naides	纳伊斯众仙
Neaera	内艾拉

Nereus	涅柔斯
Nisus	尼苏斯
Nysa	尼萨

O

Oaxes	奥阿克西斯河
Oeta	奥伊塔山
Orpheus	俄耳甫斯

P

Palaemon	帕雷蒙
Pales	帕勒斯
Pallas	帕拉斯
Pan	潘神
Paris	帕里斯

拉—汉译名对照表

Parnassus	帕纳索斯
Parthenium	帕特尼
Parthus	帕提亚人
Pasiphae	帕西费伊
Permessus	珀麦苏斯河
Phaethontiadae	法厄同的姊妹
Philomela	费罗梅拉
Phoebus	福玻斯
Phyllis	费里斯
Pierides	皮尔利亚的仙女
Pindus	品都斯
Pollio	波利奥
Pontus	庞图斯
Priapus	普利阿普斯
Proetides	普罗埃图的女儿们
Prometheus	普罗米修斯
Pyrrha	皮拉

R

Rhenus	莱茵河
Rhodope	罗多彼

S

Saturnus	萨图
Satyrus	萨蒂尔
Scylla	斯库拉
Scythia	斯基泰
Sicilia	西西里
Silenus	西伦努斯
Silvanus	西凡努斯
Sithonia	锡托尼
Sophocles	索福克勒斯
Stimichon	斯提米孔

拉—汉译名对照表

T

Tereus	忒留斯
Thalea	塔莉亚
Thestylis	忒斯迪里
Thrace	色雷斯
Thyrsis	迪尔西
Tigris	底格里斯河
Timavus	提马乌斯河
Tityrus	迪蒂卢斯
Tmaros	特马洛斯

U

Ulixes	尤利西斯

V

Varius	瓦留斯
Varus	瓦鲁斯
Venus	维纳斯

本表所列名词仅限于正文中出现的专名。名词及由名词衍生的形容词均还原为名词的主格形式。为行文之便,部分名词的译音忽略了原词的后缀。

参考文献

维吉尔作品及其英、汉译本

Publii Virgilii Maronis Opera

Sumptibus Ant. Urb. Coustelier, Lutetiae Parisiorum, 1745

The Eclogues

The Latin Text with a Verse Translation and Brief Notes by Guy Lee

Penguin Books, London, 1984

Eclogues, Georgics, Aeneid

Translated by H. R. Fairclough

Harvard University Press, 1999

The Eclogues · The Georgics

Translated by C. Day Lews, with an Introduction and Notes by R. O. A. M. Lyne

Oxford University Press, 2009

The Georgics

Translated into English Verse by K. R. Mackenzie

The Folio Society, London, 1969

Georgics

Translated by Peter Fallon, with an Introduction and Notes by Elaine Fantham

Oxford University Press, 2009

The Aeneid

A Verse Translation by Allen Mandelbaum

Bantam Classic, New York, 2004

《牧歌》

杨宪益译,世纪出版集团、上海人民出版社,2009年

《农事诗》

党晟译注,商务印书馆,2023年

《埃涅阿斯纪》

杨周翰译,人民文学出版社,2000年

参考文献

维吉尔研究

G. Suetonius Tranquillus, *Vita Vergilii*

http://www.thelatinlibrary.com/suet.html

Marius Servius Honoratus, *In Vergilii Carmina Comentarii*

http://www.perseus.tufts.edu

Jasper Griffin, *Virgil*

Bristol Classical Press, London, 2002

John B. Van Sickle, *The Design of Virgil's Bucolics*

Bristol Classical Press, London, 2004

Frederick Jones, *Virgil's Garden: The Nature of Bucolic Space*

Bloomsbury Publishing Plc, London, 2013

Katharina Volk (ed.), *Virgil's Eclogues*

Oxford University Press, 2008

S. J. Harrison, *Generic Enrichment in Virgil and Horace*

Oxford University Press, 2007

G. B. Nussbaum, *Vergil's Metre: A Practical Guide for Reading Latin Hexameter Poetry*

Bristol Classical Press, London, 2001

T. S. Eliot, *On Potry and Poets*

Farrar, Straus and Giroux, New York, 2009

D. E. W. Wormell, "The Riddles in Virgil's Third Eclogue"

Classical Quarterly, New Series 10, 1960

阿德勒,《维吉尔的帝国——〈埃涅阿斯纪〉中的政治思想》(Eve Adler, *Vergil's Empire: Political Thought in the Aeneid*)

王承教、朱战炜译,华夏出版社,2012年

杨周翰,《维吉尔与中国诗歌的传统》

王宁译,《北京大学学报》(哲学社会科学版),1988年第5期

参考文献

刘津瑜,《维吉尔在西方和中国：一个接受史的案例》
《世界历史评论02：文化传播与文化建构》，上海人民出版社，2015年

古典文献

Homer, *The Iliad*

Translated by W. H. D. Rouse, Signet Classics, 2007

Homer, *The Odyssey*

Translated by W. H. D. Rouse, Signet Classics, 2007

Hesiod, *Works and Days*

http://www.theoi.com/Text/Hesiod/WoksDays.html

Hesiod, *Theogony*

http://www.theoi.com/Text/Hesiod/Theogony.html

Theocritus, *Idylls*

Translated by Anthony Verity, Oxford University Press, 2008

Apollonius Rhodius, *Argonautica*

http : //www. theoi.com/Text/Apollonius Rhodius.html

Apollodorus, *Library*

http : //www. theoi.com/Text/Apollodorus.html

Lucretius, *De Rerum Natura*

http : //www.thelatinlibrary.com/lucretius.html

Cicero, *De Divinatione, De Lege Agraria, In Catilinam, Tusculanae Disputationes*

http : //www.thelatinlibrary.com/cic.html

Varro, *Rerum Rusticarum de Agri Cultura*

http : //www.thelatinlibrary.com/varro.html

Horace, *Carmina, Epodes, Sermones*

http : //www. thelatinlibrary.com/hor.html

Propertius, *Elegiae*

http : //www. thelatinlibrary.com/prop.html

参考文献

Livy, *Ab Urbem Condita Libri*

http://www.thelatinlibrary.com/liv.html

Ovid, *Metamorphoses*, *Fasti*

http://www.thelatinlibrary.com/ovid.html

Hyginus, *Fablae*

http://www.theoi.com/Text/Hyginus.html

Pliny, *Naturalis Historia*

http://www.thelatinlibrary.com/pliny1.html

Pausanias, *Description of Greece*

http://www.theoi.com/Text/Pausanias1.html

荷马,《伊利亚特》

罗念生、王焕生译,人民文学出版社,2012年

荷马,《奥德赛》

王焕生译,人民文学出版社,2008年

赫西俄德,《工作与时日·神谱》,汉译世界学术名著丛书

张竹明、蒋平译,商务印书馆,2020 年

卢克莱修,《物性论》,汉译世界学术名著丛书

方书春译,商务印书馆,2009 年

瓦罗,《论农业》,汉译世界学术名著丛书

王家绶译,商务印书馆,2014 年

卡图卢斯,《歌集》,拉中对照译注本

李永毅译注,中国青年出版社,2008 年

奥维德,《变形记》

杨周翰译,人民文学出版社,2008 年

工具书

The Oxford Classical Dictionary

Oxford University Press, 1964

参考文献

《牛津古典文学词典》(*Oxford Dictionary of Classical Literature*)
英文版,上海外语教育出版社,2001年

后 记

本书曾于2017年由广西师范大学出版社出版，今承陕西人民出版社美意，为拙译提供了再版的机缘，使我有了对旧稿重加审校，从而弥补诸多缺憾的可能。此次校订，主要涉及两个方面：一是对译文做了部分更改，力求去其冗蔓并切近原意，同时订正了若干错别字和外文拼写错误。译者所用底本为莱比锡 Aedes B. G. Teubneri 1899 年刊行的 *Bucolica et Georgica*（《牧歌·农事诗》），书中偶见污损、错简之处，均照巴黎 Sumptibus Ant. Urb. Coustelier 1745 年版 *Publii Virgilii Maronis Opera*（《维吉尔全集》）予以勘定。二是改写了半数以上的注释，并增补了七十余条新注。因此，就内容和篇幅而言，新版与旧版均有较大差异，故题名"修订详注版"以示区别。

关于本人的翻译策略，尤其是古典拉丁语诗歌的格律及译文之所以放弃分行的现代诗形式而采取散文体的理由，在本书初版的"后记"中已经做了说明，感兴趣的读者可以参阅，以下仅就注释的问题谈几点粗浅的认识。

古书非有注释则难以阅读。维吉尔逝世之后，即有叙癸努斯（Gaius Julius Hyginus，约前64—17）、多纳图斯（Aelius Donatus，公元4世纪）等学者致力其作品的评论诠释，可惜此类著作大都亡佚，唯一保存完好的古代注本是公元4至5世纪之间的语法学家塞尔维乌斯（Marius Servius Honoratus）所撰《维吉尔诗歌笺释》（*In Vergilii Carmina Comentarii*），因传抄的途径不同，该书又有长编、短编两本卷子，前者以发现者之名而被称为"丹尼尔本"（Servius Danielis），于1600年付梓面世。由于早期的注疏者"去古未远"，对于昔日的社会、风俗及语言习惯知之更多，且能见到不少后世散失的资料，所以他们的评注自有不可取代的珍贵价值。如治"楚辞"者，则不可不读东汉王逸之《楚辞章句》，塞氏之书也是研究维吉尔作品的一部重要参考文献。译者此前多方搜求该书而不可得，近在美国塔夫茨大学（Tufts University）创建的"帕修斯数字图书馆"（Perseus Digital Library）网站上见到电子版全文，不啻偶获重宝。唯此书卷帙浩繁，释例详密，故只能大致浏览而未及细读，然遇语义难解或出典不明之处，每一查阅则必有所得。如《牧歌》第二章有"忒斯迪里为难耐酷暑的刈禾人捣碎气味辛香的地椒、大蒜和草药"（Thestylis et rapido fessis messoribus aestu alia serpyllumque herbas contundit olentis）之语，本人所见英译多将"草药"（herbas）理解为"野菜"（potherbs），取而烹之也就成了聊以果腹的"汤羹"（pottage）。但原诗既云"难耐酷暑"而非"饥肠辘辘"，上述理解始终令人心存疑窦。塞氏的解释完全不同，他首先说明了药性相济相克的道理，进而断言"热性之草药"可以"祛暑"，故诗中所言应为药剂而非食物，由此亦可知西方的传统医学与中国的"岐黄之术"大有相通之处。今回增补，征引塞氏注释不下十余条，均能发微抉隐，解人之惑。另一方面，现代学者的评论和注释则因学术方法的进步和视角的更新，又有古人梦想不到的长处。因我从事维吉尔作品的翻译和注释纯粹出自个人兴趣，本无优越的学术环境和可资利用的图书馆，手边的藏书亦极有限，区区几本参考书，已悉列于"参考文献"的书目之内，而这有数的几部著作，对我的启发亦非浅鲜。我在注释中援用较多的是弗里德里克·琼斯（Frederick Jones）《维吉尔的花园》（*Virgil's Garden:The Nature of Bucolic Space*）和盖伊·李（Guy Lee）《牧歌》英译本评注的观点，也都标明所本，庶几不致掠美。

一如中国传统诗词之讲究辞藻出处，西方古典诗歌亦极重"用典"(allusion)。维吉尔的《牧歌》既以古希腊诗人忒奥克里图斯(Theocritus)的《田园诗》(*Idylls*)为蓝本写成,那么查明维吉尔如何"檃括"了忒氏的词句,并就二者之异同加以比较,在我看来是一件饶有兴味之事。可惜本人不谙古希腊文(亦无原文可供校对),只能从《田园诗》的英译本中搜出相关的诗句,逐条翻译为汉语,附于正文后的注释之内,希望能给关注"互文性"(intertextuality)的读者带来旁征博访的乐趣。此外,维吉尔诗作所用典故范围十分广泛,上自荷马(Homer)、赫西俄德(Hesiod),下迄希腊化时代诗人和罗马作家的作品,包括神话传说、科学知识等,这些内容在注释中都做了相应的解说,并列具典故出处或关联文献的篇目,以便有意深入探究的读者核对查阅。

子曰:学诗可"多识于鸟兽草木之名"。在维吉尔的《牧歌》中也能见到大量我们不熟悉的植物名称,其中往往含有隐喻或象征的意义,如"山毛榉"(fagus)在全书中先后出现五次,都与所谓的"牧歌诗境"(bucolic space)密切相关。译者固非植物学领域的专家,但对此类名称也尽力查明所指及其拉丁学名、汉语称谓,并就植物的科属类别和形态特征予以简要介绍。个别所指不明者,则胪列异说,未敢擅断。

牧　歌

　　维吉尔这部作品虽以"牧歌"为题，并借用了忒奥克里图斯《田园诗》的诗歌体裁、众多人名和精警之句，但其内涵远比忒氏之作丰富而深刻。集中完成较早的几篇尚有模仿《田园诗》的明显痕迹，但尤为论者看重的第一、第四、第五、第六、第九、第十各章，则与通常所说的"田园牧歌"不尽相同，而更多地关乎社会正义、作者的"乌托邦"思想，以及对诗歌本身的思考和讨论。而且，维吉尔也不是一位"爱情"的歌者。按照西方古典文类的划分，咏叹爱情乃是"哀歌"（elegia）的当行本色。本书第十章出场的伽鲁斯（Cornelius Gallus）就是奥古斯都时代著名的哀歌诗人，我们在该篇读到的那些深情款款的话语，依据塞尔维乌斯的说法，皆非出自维吉尔的手笔，而是摘录（或者"戏仿"）了伽鲁斯的诗句。通读全篇，我们能够感受到维吉尔尊重并关切他的挚友，同时又对其痴心不改的"深情"表示了几许善意的"嘲谑"。这正是本书"导言"述及的"冷静的伊壁鸠鲁主义和热情的浪漫主义"之间的矛盾。另如第二章抒写单相思的恼人情怀，但结尾一句"你将找到另一个阿列克西斯，如果这位对你不屑一顾"，就将满腹心事轻轻放下。第八章暗用美狄亚（Medea）因爱生恨而杀子复仇的故事，更是揭示了"爱"（Amor）的自私和冷酷。维吉尔对人类非理智的"热情"

(furor)持否定的态度。在《农事诗》(Georgica)关于家畜繁育的论说中，诗人竟将以死殉情的人间悲剧与动物发情的狂暴行为一例视之。在《埃涅阿斯纪》(Aeneis)第四卷，主人公埃涅阿斯(Aenias)为履行身负的使命而断然拒绝爱情的召唤，致使挚爱他的狄多(Dido)陷于绝望而自戕身亡，也令千百年来的无数读者为之唏嘘不已。这一态度与卢克莱修(Titus Lucretius Carus)一脉相承，表达了维吉尔对罗马共和国后期"新派诗人"(neoteric poets)热衷描写性爱的厌弃，并且体现了他将社会责任置于个人情感之上的理性观念。最后想再次强调的是，维吉尔笔下的"牧人"与《庄子》中的"渔父"相似，在很大程度上可以视为作者的代言人。尤其是第五章中出场的两位对话者，俨然是饱读诗书的谦谦君子，他们不仅没有"质朴"(naïve)的性格特点，反而更多地显示出知识阶层"成熟"(sophisticated)的思想情趣。

鉴于上述原因，本书与读者的"阅读期待"或有不合之处。译者之所以在注释上用功较多，也是想为读者提供理解这部作品的必要参考。在本书"导言"中，译者主张不能将文学作品当作"信史"阅读，但脱离特定的历史文化语境，我们对古人之作的领悟必然发生偏差而致有"以今度古"之失。

牧　歌

　　本书初版附有十一幅插图，均取自西方艺术史上的名家之作，原意是想展现与"牧歌—田园诗"平行的另一文化传统，但考虑到普通印刷难以再现画作风貌的问题，此次再版一概付诸阙如，希望喜爱绘画的读者多多见谅。

　　由衷感谢陕西人民出版社编辑团队，以及友人朱艳坤君对拙译的再版所给予的关心、建议，尤其是审阅和编校译稿所付出的大量心力。同时也要感谢翁安华、任华两君，他们出色完成了本书的装帧设计。

　　囿于本人学识，书中难免粗疏、纰缪之处，尚祈方家不吝赐正。

党晟
2023 年岁末

图书在版编目（CIP）数据

牧歌 /（古罗马）维吉尔著；党晟注译. -- 西安：陕西人民出版社，2025.6
　　ISBN 978-7-224-15220-3

Ⅰ.①牧… Ⅱ.①维… ②党… Ⅲ.①诗集—古罗马 Ⅳ.① I546.22

中国国家版本馆 CIP 数据核字（2023）第 243449 号

出 品 人：赵小峰
总 策 划：关　宁
出版统筹：韩　琳
策划编辑：王　倩　武晓雨
责任编辑：凌伊君
装帧设计：任　华　翁安华　赵文君

牧　歌
MUGE

作　　者	［古罗马］维吉尔
注　　译	党　晟
出版发行	陕西人民出版社
	（西安市北大街 147 号　邮编：710003）
印　　刷	陕西龙山海天艺术印务有限公司
开　　本	787 毫米 ×1092 毫米　1/32
印　　张	6.25
字　　数	100 千字
版　　次	2025 年 6 月第 1 版
印　　次	2025 年 6 月第 1 次印刷
书　　号	ISBN 978-7-224-15220-3
定　　价	68.00 元

如有印装质量问题，请与本社联系调换。电话：029-87205094